CALVET
Céline
4e E



# Mateo Falcone & La Vénus d'Ille

Première de couverture : © ND/ Roger-Viollet.
Deuxième de couverture : © Archives Larousse.
Troisième de couverture : © Bridgeman-Giraudon.
Page 134 : © Rue des Archives/Tal.



ISBN 978-2-7011-4870-0

CLASSICOCOLLÈGE

# Mateo Falcone & La Vénus d'Ille

## PROSPER MÉRIMÉE

**Dossier par Françoise Santoni-Bissaïn**
*Certifiée de lettres classiques*

BELIN ■ GALLIMARD

# Sommaire

# Introduction

*Mateo Falcone*, récit de trahison et d'honneur bafoué dans une île mystérieuse, et la *Vénus d'Ille*, dont l'intrigue repose sur la découverte d'une statue à la beauté cruelle, ont contribué à faire de Prosper Mérimée un des grands maîtres de la nouvelle.

Lorsqu'il publie *Mateo Falcone* en 1829 dans *La Revue de Paris*, Mérimée est un jeune auteur, essentiellement connu des cercles littéraires parisiens. Son récit imprégné de « couleur locale » séduit immédiatement des lecteurs auxquels le courant romantique a donné le goût de l'exotisme et des passions extrêmes. Le narrateur décrit avec précision une Corse que l'auteur ne découvrira que dix ans plus tard. L'intrigue de la nouvelle, centrée sur la personnalité du héros, avance de façon implacable vers une fin tragique.

L'auteur de *La Vénus d'Ille*, publiée en 1837 dans la prestigieuse *Revue des Deux Mondes*, est un écrivain reconnu, devenu Inspecteur des monuments historiques. Il a sillonné la France et la région qui est le cadre de son récit. L'ambiguïté de l'intrigue et de son dénouement, à égale distance entre l'univers rationnel et le surnaturel, fait de cette nouvelle un modèle du genre fantastique.

Laissons-nous donc entraîner par un narrateur, qui est un véritable double de Mérimée, dans un univers à la fois réaliste et déroutant, théâtre de sentiments cruels et de vengeances terribles.

# Mateo Falcone

En sortant de Porto-Vecchio [1] et se dirigeant au nord-ouest, vers l'intérieur de l'île, on voit le terrain s'élever assez rapidement, et après trois heures de marche par des sentiers tortueux [2], obstrués [3] par de gros quartiers de rocs, et quelquefois coupés par des ravins, on se trouve sur le bord d'un *maquis* très étendu. Le maquis est la patrie des bergers corses et de quiconque s'est brouillé avec la justice. Il faut savoir que le laboureur corse, pour s'épargner la peine de fumer son champ, met le feu à une certaine étendue de bois : tant pis si la flamme se répand plus loin que besoin n'est ; arrive que pourra ; on est sûr d'avoir une bonne récolte en semant sur cette terre fertilisée [4] par les cendres des arbres qu'elle portait. Les épis enlevés, car on laisse la paille, qui donnerait de la peine à recueillir, les racines qui sont restées en terre sans se consumer [5] poussent au printemps suivant des cépées [6] très épaisses qui, en peu d'années, parviennent à une hauteur de sept ou huit pieds [7]. C'est cette manière de taillis fourré que l'on nomme maquis. Différentes espèces d'arbres et d'arbrisseaux le composent, mêlés et confondus comme il plaît à Dieu. Ce n'est que la hache à la main que l'homme s'y ouvrirait

1. **Porto-Vecchio** : port du sud-est de la Corse.
2. **Tortueux** : qui font des tours et des détours, sinueux.
3. **Obstrués** : bouchés.
4. **Fertilisée** : rendue riche.
5. **Se consumer** : ici, dépérir.
6. **Cépées** : jeunes tiges de bois sortant d'une souche.
7. **Pieds** : le pied est une ancienne unité de mesure. Un pied équivaut à trente-trois centimètres environ.

un passage, et l'on voit des maquis si épais et si touffus que les mouflons[1] eux-mêmes ne peuvent y pénétrer.

Si vous avez tué un homme, allez dans le maquis de Porto-Vecchio, et vous y vivrez en sûreté, avec un bon fusil, de la poudre et des balles ; n'oubliez pas un manteau brun garni d'un capuchon[2], qui sert de couverture et de matelas. Les bergers vous donnent du lait, du fromage et des châtaignes, et vous n'aurez rien à craindre de la justice ou des parents du mort, si ce n'est quand il vous faudra descendre à la ville pour y renouveler vos munitions.

Mateo Falcone, quand j'étais en Corse en 18…, avait sa maison à une demi-lieue[3] de ce maquis. C'était un homme assez riche pour le pays ; vivant noblement, c'est-à-dire sans rien faire, du produit de ses troupeaux, que des bergers, espèces de nomades, menaient paître çà et là sur les montagnes. Lorsque je le vis, deux années après l'événement que je vais raconter, il me parut âgé de cinquante ans tout au plus. Figurez-vous un homme petit, mais robuste, avec des cheveux crépus, noirs comme le jais[4], un nez aquilin, les lèvres minces, les yeux grands et vifs, et un teint couleur de revers de botte. Son habileté au tir du fusil passait pour extraordinaire, même dans son pays, où il y a tant de bons tireurs. Par exemple, Mateo n'aurait jamais tiré sur un mouflon avec des chevrotines[5] ; mais, à cent vingt pas, il l'abattait d'une balle dans la tête ou dans l'épaule, à son choix. La nuit, il se servait de ses armes aussi facilement que le jour, et l'on m'a cité de lui ce trait d'adresse qui paraîtra peut-être incroyable à qui n'a pas voyagé en Corse. À quatre-vingts pas, on plaçait une chandelle allumée derrière un transparent de papier, large comme une

---

1. **Mouflons** : bouquetins sauvages.
2. **Capuchon*** : pilone [en corse]. Toutes les notes accompagnées d'un astérisque* sont de Prosper Mérimée lui-même.
3. **Demi-lieue** : deux kilomètres environ. La lieue est une ancienne mesure itinéraire équivalant à un peu plus de quatre kilomètres.
4. **Jais** : pierre d'un noir brillant.
5. **Chevrotines** : plombs de chasse de gros calibre.

assiette. Il mettait en joue [1], puis on éteignait la chandelle, et, au bout d'une minute dans l'obscurité la plus complète, il tirait et perçait le transparent trois fois sur quatre.

Avec un mérite aussi transcendant [2] Mateo Falcone s'était attiré une grande réputation. On le disait aussi bon ami que dangereux ennemi : d'ailleurs serviable et faisant l'aumône, il vivait en paix avec tout le monde dans le district de Porto-Vecchio. Mais on contait de lui qu'à Corte [3], où il avait pris femme, il s'était débarrassé fort vigoureusement d'un rival qui passait pour aussi redoutable en guerre qu'en amour : du moins on attribuait à Mateo certain coup de fusil qui surprit ce rival comme il était à se raser devant un petit miroir pendu à sa fenêtre. L'affaire assoupie [4], Mateo se maria. Sa femme Giuseppa lui avait donné d'abord trois filles (dont il enrageait) [5], et enfin un fils, qu'il nomma Fortunato : c'était l'espoir de sa famille, l'héritier du nom. Les filles étaient bien mariées : leur père pouvait compter au besoin sur les poignards et les escopettes [6] de ses gendres. Le fils n'avait que dix ans, mais il annonçait déjà d'heureuses dispositions.

---

1. **Il mettait en joue** : il visait.
2. **Transcendant** : ici, extraordinaire.
3. **Corte** : ville du centre de la Corse.
4. **Assoupie** : ici, oubliée, apaisée.
5. **Dont il enrageait** : ce qui le faisait enrager.
6. **Escopettes** : fusils à bouche évasée.

# Arrêt sur lecture 1

## Un quiz pour commencer

***Cochez les bonnes réponses.***

❶ *Quel lieu est décrit au début de la nouvelle ?*

- ❒ La forêt.
- ❒ La montagne.
- ❒ Le maquis.

❷ *Pourquoi le laboureur corse met-il le feu à certaines étendues de bois ?*

- ❒ Pour tracer des voies.
- ❒ Pour fertiliser la terre.
- ❒ Pour éloigner les animaux.

❸ *Quel rôle les bergers jouent-ils envers les bandits ?*

- ❒ Ils les protègent.
- ❒ Ils les trahissent.
- ❒ Ils les chassent.

❹ *Quel animal le nom de famille de Mateo évoque-t-il ?*

❒ Un corbeau.

❒ Un aigle.

❒ Un faucon.

❺ *Quelle est la principale qualité de Mateo Falcone ?*

❒ Il est travailleur.

❒ Il est excellent tireur.

❒ Il est bon mari.

❻ *Quand le narrateur le rencontre-t-il ?*

❒ Deux ans avant les faits.

❒ Deux ans après les faits.

❒ Jamais.

❼ *Quelle est la situation familiale de Fortunato ?*

❒ Il est fils unique.

❒ Il est le fils aîné.

❒ Il est le dernier-né.

# Des questions pour aller plus loin

## Étudier le début d'un récit

### La patrie des bergers corses

❶ Dans quelle région et à quelle époque la nouvelle se situe-t-elle ? Relevez les indications géographiques et temporelles fournies par le narrateur.
❷ Le maquis est-il facilement accessible depuis la ville ? Appuyez votre réponse sur des expressions du texte.
❸ Quel est le moyen utilisé par les bergers et les paysans pour fertiliser leur terre ? Quel trait de caractère du « laboureur corse » permet d'expliquer cette pratique agraire, selon le narrateur ?
❹ Précisez le sens des mots « taillis » (l. 16), « arbrisseaux » (l. 18), « touffus » (l. 20) et expliquez de quel type de végétation le maquis est constitué.
❺ Quel usage les bandits et les hors-la-loi font-ils du maquis ? Comment la solidarité des bergers s'exerce-t-elle à leur égard ?

### Un narrateur guide et ethnologue

❻ En quoi la première phrase de la nouvelle s'apparente-t-elle à un guide touristique ? Précisez qui est désigné par le pronom « on » dans cette phrase.
❼ Par quel pronom le narrateur désigne-t-il le lecteur auquel il s'adresse directement ? Expliquez en quoi consiste l'humour de l'interpellation du lecteur (l. 22 à 29).
❽ Quel rôle le narrateur joue-t-il auprès du lecteur qui ne connaît pas la Corse ? Appuyez votre réponse sur quelques exemples et précisez la fonction de la note de l'auteur située en bas de page (p. 12).
❾ Citez la phrase indiquant que le narrateur a rencontré le héros de l'histoire.

⓾ Le narrateur dit de Mateo qu'il vit « noblement », c'est-à-dire « sans rien faire », du produit de ses troupeaux. Mérimée pense-t-il réellement qu'il est noble de vivre sans rien faire ? Comment s'appelle la figure de style utilisée ?

⓫ Quel jugement le narrateur porte-t-il, selon vous, sur les Corses en général et sur Mateo Falcone en particulier ?

## Un patriarche archaïque

⓬ « Falcone », le nom de famille de Mateo, signifie « faucon ». Quelles caractéristiques physiques et morales du personnage cet oiseau de proie évoque-t-il ?

⓭ Précisez ce que les deux anecdotes rapportées par le narrateur (le tir dans l'obscurité et l'élimination du rival) nous apprennent sur le héros.

⓮ Comment Mateo semble-t-il considérer la place des femmes dans la famille ? Pourquoi le prénom de ses filles n'est-il pas cité ?

⓯ En vous appuyant sur les différents sens du mot « fortune », expliquez ce qui a amené Mateo à choisir ce prénom pour son fils.

⓰ Mateo Falcone est un héros « éponyme ». Recherchez le sens de ce mot et donnez d'autres exemples de héros éponymes dans l'œuvre de Mérimée.

*Rappelez-vous !*

Dans une nouvelle réaliste comme *Mateo Falcone*, plusieurs procédés créent l'apparence de la réalité : précisions géographiques et temporelles, interventions d'un narrateur qui connaît la Corse et s'adresse à un lecteur fictif ignorant des réalités de l'île, ce qui motive les explications fournies par le récit.

# De la lecture à l'écriture

## Des mots pour mieux écrire

❶ ***Complétez chacune de ces phrases en employant le mot le plus approprié de la liste suivante (un de ces adjectifs est utilisé à deux reprises, au sens propre et au sens figuré) :*** **ravin, obstrué, touffus, tortueux.**

**a.** Le chemin qui mène au village fait de nombreux détours : il est ____________.

**b.** Ce tuyau est ____________ par des dépôts de calcaire.

**c.** Un profond ____________ a été creusé par le torrent dans la vallée.

**d.** Cet animal est recouvert de poils ____________ qui le protègent du froid.

**e.** Cette personne, dépourvue de droiture et de franchise, a un esprit ____________.

❷ **a.** ***Complétez ce portrait de Mateo à l'aide d'adjectifs ou d'expressions tirés du texte :***

Il a les cheveux ____________, le nez ____________, les lèvres ____________, les yeux ____________ et ____________, le teint ____________.

**b.** ***À votre tour, trouvez des adjectifs ou des expressions qui peuvent décrire :*** **une texture de cheveux, la forme d'un nez, celle d'une bouche, l'expression d'un regard, la couleur d'un teint.**

## À vous d'écrire

❶ Racontez, en développant l'anecdote, la façon dont Mateo se serait débarrassé d'un rival gênant avant d'épouser Giuseppa.

**Consigne.** Vous donnerez des détails sur les circonstances de l'événement : jalousie de Mateo, préparation et déroulement de la vengeance. Vous veillerez à employer le mode conditionnel pour exprimer les suppositions ou les doutes du narrateur.

❷ À la manière du portrait de Mateo Falcone (p. 12, l. 36 à 50), rédigez un bref portrait de son fils Fortunato, qui aurait pu être inséré dans le passage étudié.
**Consigne.** Vous tiendrez compte des indications du texte et donnerez des exemples illustrant les qualités prometteuses de Fortunato évoquées dans le récit.

# Du texte à l'image

➡ **Simon Rochard, portrait de Mateo Falcone, gravure d'après un dessin de Prosper Mérimée, 1853.**
**(Image reproduite en début d'ouvrage, au verso de la couverture.)**

## *Lire l'image*

❶ Observez ce portrait de Mateo Falcone exécuté par Prosper Mérimée lui-même. Quelles caractéristiques du personnage ce dessin met-il en valeur ?
❷ Quelle impression générale se dégage selon vous de ce portrait ?

## *Comparer le texte et l'image*

❸ Retrouvez les points communs entre ce portrait de Mateo et celui de la nouvelle (p. 12). Montrez que, dans les deux cas, l'accent est mis sur les traits les plus marquants du personnage.

❹ Cette représentation correspond-elle à l'image que vous vous faisiez de ce personnage après la lecture du portrait de la nouvelle ? En quoi ? Si ce n'est pas le cas, précisez pourquoi.

## À vous de créer

❺ Mérimée montre ce dessin à une de ses amies qui n'a pas lu la nouvelle. Imaginez le dialogue entre eux deux qui rende compte de la curiosité de cette amie et des explications fournies par l'auteur.

❻ En vous inspirant du portrait de Mateo Falcone, décrivez un personnage de votre entourage en soulignant les traits les plus représentatifs. Vous pouvez accompagner votre texte d'un dessin qui mettra en relief les mêmes caractéristiques.

[Suite de la page 13]

Un certain jour d'automne, Mateo sortit de bonne heure avec sa femme pour aller visiter un de ses troupeaux dans une clairière du maquis. Le petit Fortunato voulait l'accompagner, mais la clairière était trop loin ; d'ailleurs, il fallait bien que quelqu'un restât pour garder la maison ; le père refusa donc : on verra s'il n'eut pas lieu de s'en repentir.

Il était absent depuis quelques heures et le petit Fortunato était tranquillement étendu au soleil, regardant les montagnes bleues, et pensant que, le dimanche prochain, il irait dîner à la ville, chez son oncle le *caporal*[1], quand il fut soudainement interrompu dans ses méditations par l'explosion d'une arme à feu. Il se leva et se tourna du côté de la plaine d'où partait ce bruit. D'autres coups de fusil se succédèrent, tirés à intervalles inégaux, et toujours de plus en plus rapprochés ; enfin, dans le sentier qui menait de la plaine à la maison de Mateo parut un homme, coiffé d'un bonnet pointu comme en portent les montagnards, barbu, couvert de haillons, et se traînant avec peine en s'appuyant sur son fusil. Il venait de recevoir un coup de feu dans la cuisse.

---

1. **Caporal***: les caporaux furent autrefois des chefs que se donnèrent les communes corses quant elles s'insurgèrent contre les seigneurs féodaux. Aujourd'hui, on donne encore quelquefois ce nom à un homme qui, par ses propriétés, ses alliances et sa clientèle, exerce une influence et une sorte de magistrature effective sur une *pieve* ou un canton. Les Corses se divisent, par une ancienne habitude, en cinq castes : les *gentilshommes* (dont les uns sont *magnifiques*, les autres *signori*), les *caporali*, les *citoyens*, les *plébéiens* et les *étrangers*.

Cet homme était un bandit[1], qui étant parti de nuit pour aller chercher de la poudre à la ville, était tombé en route dans une embuscade de voltigeurs corses[2]. Après une vigoureuse défense, il était parvenu à faire sa retraite, vivement poursuivi et tiraillant de rocher en rocher. Mais il avait peu d'avance sur les soldats et sa blessure le mettait hors d'état de gagner le maquis avant d'être rejoint.

Il s'approcha de Fortunato et lui dit:

« Tu es le fils de Mateo Falcone?

– Oui.

– Moi, je suis Gianetto Sanpiero. Je suis poursuivi par les collets jaunes[3*]. Cache-moi, car je ne puis aller plus loin.

– Et que dira mon père si je te cache sans sa permission?

– Il dira que tu as bien fait.

– Qui sait?

– Cache-moi vite; ils viennent.

– Attends que mon père soit revenu.

– Que j'attende? malédiction! Ils seront ici dans cinq minutes. Allons, cache-moi, ou je te tue.»

Fortunato lui répondit avec le plus grand sang-froid:

« Ton fusil est déchargé, et il n'y a plus de cartouches dans ta carchera[4].

– J'ai mon stylet[5].

– Mais courras-tu aussi vite que moi?»

Il fit un saut, et se mit hors d'atteinte.

« Tu n'es pas le fils de Mateo Falcone! Me laisseras-tu donc arrêter devant ta maison?»

---

1. **Bandit***: ce mot est ici synonyme de proscrit. (Cet homme s'est donc mis hors la loi, il est poursuivi pour des raisons politiques ou judiciaires.)
2. **Voltigeurs corses***: c'est un corps levé depuis peu d'années par le gouvernement et qui sert concurremment avec la gendarmerie au maintien de la police.
3. **Collets jaunes***: l'uniforme des voltigeurs était alors un habit brun avec un collet jaune.
4. **Carchera***: ceinture de cuir qui sert de giberne et de portefeuille.
5. **Stylet**: petit poignard à lame effilée.

L'enfant parut touché.

« Que me donneras-tu si je te cache ? » dit-il en se rapprochant.

Le bandit fouilla dans une poche de cuir qui pendait à sa ceinture, et il en tira une pièce de cinq francs qu'il avait réservée sans doute pour acheter de la poudre. Fortunato sourit à la vue de la pièce d'argent ; il s'en saisit, et dit à Gianetto : « Ne crains rien. »

Aussitôt il fit un grand trou dans un tas de foin placé auprès de la maison. Gianetto s'y blottit, et l'enfant le recouvrit de manière à lui laisser un peu d'air pour respirer, sans qu'il fût possible cependant de soupçonner que ce foin cachât un homme. Il s'avisa, de plus, d'une finesse de sauvage assez ingénieuse. Il alla prendre une chatte et ses petits, et les établit sur le tas de foin pour faire croire qu'il n'avait pas été remué depuis peu. Ensuite, remarquant des traces de sang sur le sentier près de la maison, il les couvrit de poussière avec soin, et cela fait, il se recoucha au soleil avec la plus grande tranquillité.

Quelques minutes après, six hommes en uniforme brun à collet jaune, et commandés par un adjudant, étaient devant la porte de Mateo. Cet adjudant était quelque peu parent de Falcone. (On sait qu'en Corse on suit les degrés de parenté beaucoup plus loin qu'ailleurs.) Il se nommait Tiodoro Gamba : c'était un homme actif, fort redouté des bandits dont il avait déjà traqué plusieurs.

« Bonjour, petit cousin, dit-il à Fortunato en l'abordant ; comme te voilà grandi ! As-tu vu passer un homme tout à l'heure ?

– Oh ! je ne suis pas encore si grand que vous, mon cousin, répondit l'enfant d'un air niais.

– Cela viendra. Mais n'as-tu pas vu passer un homme, dis-moi ?

– Si j'ai vu passer un homme ?

– Oui, un homme avec un bonnet pointu en velours noir, et une veste brodée de rouge et de jaune ?

– Un homme avec un bonnet pointu, et une veste brodée de rouge et de jaune ?

– Oui, réponds vite, et ne répète pas mes questions.

– Ce matin, M. le curé est passé devant notre porte, sur son cheval Piero. Il m'a demandé comment papa se portait, et je lui ai répondu…

– Ah ! petit drôle, tu fais le malin ! Dis-moi vite par où est passé Gianetto, car c'est lui que nous cherchons ; et, j'en suis certain, il a pris par ce sentier.

– Qui sait ?

– Qui sait ? C'est moi qui sais que tu l'as vu.

– Est-ce qu'on voit les passants quand on dort ?

– Tu ne dormais pas, vaurien ; les coups de fusil t'ont réveillé.

– Vous croyez donc, mon cousin, que vos fusils font tant de bruit ? L'escopette de mon père en fait bien davantage.

– Que le diable te confonde [1], maudit garnement ! Je suis bien sûr que tu as vu le Gianetto. Peut-être même l'as-tu caché. Allons, camarades, entrez dans cette maison, et voyez si notre homme n'y est pas. Il n'allait plus que d'une patte, et il a trop de bon sens, le coquin, pour avoir cherché à gagner le maquis en clopinant. D'ailleurs, les traces de sang s'arrêtent ici.

– Et que dira papa ? demanda Fortunato en ricanant ; que dira-t-il s'il sait qu'on est entré dans sa maison pendant qu'il était sorti ?

– Vaurien ! dit l'adjudant Gamba en le prenant par l'oreille, sais-tu qu'il ne tient qu'à moi de te faire changer de note [2] ? Peut-être qu'en te donnant une vingtaine de coups de plat de sabre tu parleras enfin. »

Et Fortunato ricanait toujours.

---

1. **Que le diable te confonde** : que le diable prouve publiquement que tu as tort.
2. **Changer de note** : changer de ton.

« Mon père est Mateo Falcone ! dit-il avec emphase [1].

– Sais-tu bien, petit drôle, que je puis t'emmener à Corte ou à Bastia [2]. Je te ferai coucher dans un cachot, sur la paille, les fers aux pieds, et je te ferai guillotiner si tu ne dis où est Gianetto Sanpiero. »

L'enfant éclata de rire à cette ridicule menace. Il répéta : « Mon père est Mateo Falcone !

– Adjudant, dit tout bas un des voltigeurs, ne nous brouillons pas avec Mateo. »

Gamba paraissait évidemment embarrassé. Il causait à voix basse avec ses soldats, qui avaient déjà visité toute la maison. Ce n'était pas une opération fort longue, car la cabane d'un Corse ne consiste qu'en une seule pièce carrée. L'ameublement se compose d'une table, de bancs, de coffres et d'ustensiles de chasse ou de ménage. Cependant le petit Fortunato caressait sa chatte, et semblait jouir malignement de la confusion des voltigeurs et de son cousin.

Un soldat s'approcha du tas de foin. Il vit la chatte, et donna un coup de baïonnette dans le foin avec négligence, et haussant les épaules comme s'il sentait que sa précaution était ridicule. Rien ne remua ; et le visage de l'enfant ne trahit pas la plus légère émotion.

L'adjudant et sa troupe se donnaient au diable [3] ; déjà ils regardaient sérieusement du côté de la plaine, comme disposés à s'en retourner par où ils étaient venus, quand leur chef, convaincu que les menaces ne produiraient aucune impression sur le fils de Falcone, voulut faire un dernier effort et tenter le pouvoir des caresses et des présents [4].

« Petit cousin, dit-il, tu me parais un gaillard bien éveillé ! Tu iras loin. Mais tu joues un vilain jeu avec moi ; et, si je ne craignais

1. **Emphase** : exagération prétentieuse.
2. **Bastia** : ville du nord de la Corse.
3. **Se donnaient au diable** : perdaient espoir.
4. **Présents** : cadeaux.

de faire de la peine à mon cousin Mateo, le diable m'emporte! je t'emmènerais avec moi.

– Bah!

– Mais, quand mon cousin sera revenu, je lui conterai l'affaire, et, pour ta peine d'avoir menti, il te donnera le fouet jusqu'au sang.

– Savoir?

– Tu verras... Mais tiens... sois brave garçon, et je te donnerai quelque chose.

– Moi, mon cousin, je vous donnerai un avis: c'est que, si vous tardez davantage, le Gianetto sera dans le maquis, et alors il faudra plus d'un luron [1] comme vous pour aller l'y chercher.»

L'adjudant tira de sa poche une montre d'argent qui valait bien dix écus; et, remarquant que les yeux du petit Fortunato étincelaient en la regardant, il lui dit en tenant la montre suspendue au bout de sa chaîne d'acier:

«Fripon! tu voudrais bien avoir une montre comme celle-ci suspendue à ton col, et tu te promènerais dans les rues de Porto-Vecchio, fier comme un paon; et les gens te demanderaient: "Quelle heure est-il?" et tu leur dirais: "Regardez à ma montre."

– Quand je serai grand, mon oncle le caporal me donnera une montre.

– Oui; mais le fils de ton oncle en a déjà une... pas aussi belle que celle-ci, à la vérité... Cependant il est plus jeune que toi.»

L'enfant soupira.

«Eh bien, la veux-tu cette montre, petit cousin?»

Fortunato, lorgnant la montre du coin de l'œil, ressemblait à un chat à qui l'on présente un poulet tout entier. Et comme il sent qu'on se moque de lui, il n'ose y porter la griffe, et de temps en temps il détourne les yeux pour ne pas s'exposer à succomber à la tentation; mais il se lèche les babines à tout moment, il a l'air de dire à son maître: «Que votre plaisanterie est cruelle!»

---

1. **Luron**: personne énergique et décidée.

Cependant l'adjudant Gamba semblait de bonne foi en présentant sa montre. Fortunato n'avança pas la main ; mais il lui dit avec un sourire amer : « Pourquoi vous moquez-vous de moi ?[1]

– Par Dieu ! je ne me moque pas. Dis-moi seulement où est Gianetto, et cette montre est à toi. »

Fortunato laissa échapper un sourire d'incrédulité[2] ; et, fixant ses yeux noirs sur ceux de l'adjudant, il s'efforçait d'y lire la foi qu'il devait avoir en ses paroles.

« Que je perde mon épaulette[3], s'écria l'adjudant, si je ne te donne pas la montre à cette condition ! Les camarades sont témoins ; et je ne puis m'en dédire. »

En parlant ainsi, il approchait toujours la montre, tant qu'elle touchait presque la joue pâle de l'enfant. Celui-ci montrait bien sur sa figure le combat que se livraient en son âme la convoitise[4] et le respect dû à l'hospitalité. Sa poitrine nue se soulevait avec force, et il semblait près d'étouffer. Cependant la montre oscillait, tournait, et quelquefois lui heurtait le bout du nez. Enfin, peu à peu, sa main droite s'éleva vers la montre : le bout de ses doigts la toucha ; et elle pesait tout entière dans sa main sans que l'adjudant lâchât pourtant le bout de la chaîne… Le cadran était azuré[5]… la boîte nouvellement fourbie[6]… au soleil, elle paraissait toute de feu… La tentation était trop forte.

Fortunato éleva aussi sa main gauche, et indiqua du pouce, par-dessus son épaule, le tas de foin auquel il était adossé. L'adjudant le comprit aussitôt. Il abandonna l'extrémité de la chaîne ; Fortunato se sentit seul possesseur de la montre. Il se leva avec l'agilité d'un daim, et s'éloigna de dix pas du tas de foin, que les voltigeurs se mirent aussitôt à culbuter.

---

1. **Perchè me c…***: l'original, en corse, est plus grossier.
2. **Incrédulité**: scepticisme, défiance.
3. **Que je perde mon épaulette**: que je perde mon grade. L'épaulette était un insigne cousu sur l'uniforme des officiers au niveau de l'épaule.
4. **Convoitise**: désir immodéré de posséder quelque chose.
5. **Azuré**: de couleur bleu azur, bleu ciel.
6. **Fourbie**: astiquée.

On ne tarda pas à voir le foin s'agiter ; et un homme sanglant, le poignard à la main, en sortit ; mais, comme il essayait de se lever en pieds, sa blessure refroidie ne lui permit plus de se tenir debout. Il tomba. L'adjudant se jeta sur lui et lui arracha son stylet. Aussitôt on le garrotta[1] fortement malgré sa résistance.

Gianetto, couché par terre et lié comme un fagot, tourna la tête vers Fortunato qui s'était rapproché. « Fils de... ! » lui dit-il avec plus de mépris que de colère. L'enfant lui jeta la pièce d'argent qu'il en avait reçue, sentant qu'il avait cessé de la mériter ; mais le proscrit[2] n'eut pas l'air de faire attention à ce mouvement. Il dit avec beaucoup de sang-froid à l'adjudant : « Mon cher Gamba, je ne puis marcher ; vous allez être obligé de me porter à la ville.

– Tu courais tout à l'heure plus vite qu'un chevreuil, repartit le cruel vainqueur ; mais sois tranquille : je suis si content de te tenir, que je te porterais une lieue sur mon dos sans être fatigué. Au reste, mon camarade, nous allons te faire une litière avec des branches et ta capote[3] ; et à la ferme de Crespoli nous trouverons des chevaux.

– Bien, dit le prisonnier ; vous mettrez aussi un peu de paille sur votre litière, pour que je sois plus commodément. »

1. **Garrotta** : ligota, attacha solidement, à la manière d'un garrot.
2. **Proscrit** : personne exilée, bannie.
3. **Capote** : manteau à capuchon.

# Arrêt sur lecture 2

## Un quiz pour commencer

***Cochez les bonnes réponses.***

❶ *Qui a demandé à Fortunato de garder la maison ?*

❒ Sa mère.

❒ Son père.

❒ Ses sœurs.

❷ *D'où vient le bandit ?*

❒ Du maquis.

❒ De la montagne.

❒ De la ville.

❸ *Que demande Gianetto à l'enfant ?*

❒ De l'aider à fuir.

❒ De le cacher.

❒ De le soigner.

❹ *Comment Fortunato se montre-t-il face aux gendarmes ?*

❒ Terrorisé.

❒ Rusé.

❒ Admiratif.

❺ *Quel sentiment l'attitude de l'enfant fait-elle d'abord naître chez Gamba ?*

❒ L'amusement.

❒ L'agacement.

❒ L'attendrissement.

❻ *Fasciné par la montre, Fortunato a une attitude qui évoque celle d'un animal. Lequel ?*

❒ Un chat.

❒ Un renard.

❒ Une pie.

❼ *Quel sentiment le pousse à trahir ?*

❒ La haine.

❒ La crainte.

❒ La convoitise.

# Des questions pour aller plus loin

## ☛ Comprendre le déroulement de l'intrigue

### Un horizon lourd de menaces

❶ Quel fait, présenté dans le premier paragraphe, va déclencher les péripéties qui vont suivre ? Quel est le temps verbal utilisé pour décrire cet événement et par quelle indication temporelle est-il souligné ?
❷ Pourquoi Mateo refuse-t-il que son fils l'accompagne dans la clairière du maquis ?
❸ Relevez, dans ce même paragraphe, une intervention du narrateur qui constitue une anticipation. Quel type d'événement annonce-t-elle et quel sentiment suscite-t-elle chez le lecteur ?
❹ Quel autre événement va rompre la tranquillité de Fortunato ? Relevez l'adverbe qui souligne le caractère inattendu de la perturbation.
❺ Quels sont les deux temps verbaux principalement employés dans les lignes 72 à 77 ? **[de « Il était absent » à « d'où partait ce bruit »]** Quelle est la valeur de chacun d'eux ?

### Première transgression

❻ L'enfant se décide-t-il tout de suite à héberger le bandit ? Pourquoi hésite-t-il à votre avis ?
❼ En demandant à l'enfant s'il est le fils de Mateo Falcone (l. 92), Gianetto veut-il simplement s'assurer de son identité ? Comment comprenez-vous ensuite la phrase : « Tu n'es pas le fils de Mateo Falcone » (l. 109) ?
❽ Quels sentiments Fortunato manifeste-t-il à l'égard de son père dans son dialogue avec Gianetto ?
❾ En quoi le comportement de l'enfant à l'égard du bandit est-il en

totale contradiction avec la loi d'hospitalité mentionnée au début de la nouvelle ? Relevez la phrase, prononcée par Fortunato, qui a cependant valeur d'engagement envers Gianetto.

⓾ Repérez les passages de dialogue. Qu'est-ce que l'insertion de passages dialogués vous semble apporter au récit ?

## Tentation et trahison

⓫ Relevez l'indication temporelle annonçant l'arrivée des gendarmes. Si on la compare à celle qui a été relevée à la question 1, en quoi indique-t-elle une accélération des péripéties ?

⓬ Quels moyens Fortunato emploie-t-il pour résister, dans un premier temps, à la demande de Gamba ? À quel moment peut-on penser qu'il ne trahira pas le bandit ?

⓭ Relevez le passage montrant que Gamba utilise la montre comme un véritable appât. Que pensez-vous de son attitude à l'égard du jeune garçon ?

⓮ Quelles expressions soulignent la convoitise de l'enfant à l'égard de la montre ? Citez en particulier une phrase où s'exprime le combat intérieur de l'enfant face à une telle tentation.

⓯ Montrez que Gianetto se comporte dignement lors de sa capture. Pourquoi Fortunato lui jette-t-il la pièce d'argent qu'il a reçue de lui ?

⓰ Malgré sa trahison, de quelles qualités, évoquées au début de la nouvelle, le jeune garçon fait-il preuve dans ce passage ?

*Rappelez-vous !*

La nouvelle est un récit bref, situé dans un cadre spatio-temporel limité, comportant peu de personnages et une action resserrée, centrée sur un instant-clé. Des indices temporels soulignent le rythme de l'action et ses accélérations. Les scènes incluant des dialogues constituent des temps forts du récit et permettent de compléter le portrait des personnages de façon vivante à travers leurs paroles.

# De la lecture à l'écriture

## Des mots pour mieux écrire

❶ ***Complétez chacune de ces phrases en employant le mot le plus approprié de la liste suivante :*** oscille, fourbissent, azuré, convoiter, clopinant.

**a.** L'oiseau s'envole dans le ciel ____________.

**b.** Elle marche en ____________ car ses souliers, trop petits, lui blessent les pieds.

**c.** Le balancier de la pendule ____________ de droite à gauche.

**d.** Il ne faut pas être envieux et ____________ le bien d'autrui.

**e.** Pour la revue du 14 juillet, les soldats ____________ leurs armes.

❷ ***Après avoir cherché le sens des mots suivants dans le dictionnaire, précisez à quel champ lexical ils appartiennent puis proposez d'autres mots appartenant au même champ lexical :*** fusil, escopette, baïonnette, stylet, sabre, poignard.

## À vous d'écrire

❶ Rédigez le monologue intérieur de Fortunato au moment où l'adjudant fait miroiter la montre devant ses yeux et où se livre, dans son esprit, le combat entre « la convoitise et le respect dû à l'hospitalité ».
**Consigne.** Le monologue exprimera les hésitations de Fortunato entre ces deux sentiments et les choix qu'ils impliquent.

❷ Imaginez le récit de Gianetto, incarcéré en ville, qui raconte sa capture à un compagnon de cellule.
**Consigne.** Vous y inclurez les réflexions et les jugements du bandit sur sa situation et sur la trahison dont il a été l'objet.

[Suite de la page 28]

Pendant que les voltigeurs s'occupaient, les uns à faire une espèce de brancard avec des branches de châtaignier, les autres à panser la blessure de Gianetto, Mateo Falcone et sa femme parurent tout d'un coup au détour d'un sentier qui conduisait au maquis. La femme s'avançait courbée péniblement sous le poids d'un énorme sac de châtaignes, tandis que son mari se prélassait, ne portant qu'un fusil à la main et un autre en bandoulière ; car il est indigne d'un homme de porter d'autre fardeau que ses armes.

À la vue des soldats, la première pensée de Mateo fut qu'ils venaient pour l'arrêter. Mais pourquoi cette idée ? Mateo avait-il donc quelques démêlés avec la justice ? Non. Il jouissait d'une bonne réputation. C'était, comme on dit, *un particulier bien famé*[1] ; mais il était Corse et montagnard, et il y a peu de Corses montagnards qui, en scrutant bien leur mémoire, n'y trouvent quelque peccadille[2], telle que coups de fusil, coups de stylet et autres bagatelles[3]. Mateo, plus qu'un autre, avait la conscience nette ; car depuis plus de dix ans il n'avait dirigé son fusil contre un homme ; mais toutefois il était prudent, et il se mit en posture de faire une belle défense, s'il en était besoin.

1. **Bien famé** : de bonne réputation.
2. **Peccadille** : petite faute sans gravité.
3. **Bagatelles** : choses de peu d'importance.

« Femme, dit-il à Giuseppa, mets bas ton sac et tiens-toi prête. » Elle obéit sur-le-champ. Il lui donna le fusil qu'il avait en bandoulière et qui aurait pu le gêner. Il arma celui qu'il avait à la main, et il s'avança lentement vers sa maison, longeant les arbres qui bordaient le chemin, et prêt, à la moindre démonstration hostile, à se jeter derrière le plus gros tronc, d'où il aurait pu faire feu à couvert. Sa femme marchait sur ses talons, tenant son fusil de rechange et sa giberne [1]. L'emploi d'une bonne ménagère, en cas de combat, est de charger les armes de son mari.

D'un autre côté, l'adjudant était fort en peine en voyant Mateo s'avancer ainsi, à pas comptés, le fusil en avant et le doigt sur la détente. « Si par hasard, pensa-t-il, Mateo se trouvait parent de Gianetto, ou s'il était son ami, et qu'il voulût le défendre, les bourres [2] de ses deux fusils arriveraient à deux d'entre nous, aussi sûr qu'une lettre à la poste, et s'il me visait, nonobstant [3] la parenté !... »

Dans cette perplexité, il prit un parti fort courageux, ce fut de s'avancer seul vers Mateo pour lui conter l'affaire, en l'abordant comme une vieille connaissance ; mais le court intervalle qui le séparait de Mateo lui parut terriblement long.

« Holà ! eh ! mon vieux camarade, criait-il, comment cela va-t-il, mon brave ? C'est moi, je suis Gamba, ton cousin. »

Mateo, sans répondre un mot, s'était arrêté, et à mesure que l'autre parlait il relevait doucement le canon de son fusil, de sorte qu'il était dirigé vers le ciel au moment où l'adjudant le joignit.

« Bonjour, frère [4], dit l'adjudant en lui tendant la main. Il y a bien longtemps que je ne t'ai vu.

– Bonjour, frère !

---

1. **Giberne** : sacoche servant à mettre des cartouches.
2. **Bourres** : tampons qui, dans un fusil, maintiennent la balle.
3. **Nonobstant** : malgré.
4. **Buon giorno, fratello*** : salut ordinaire des Corses.

– J'étais venu pour te dire bonjour en passant, et à ma cousine Pepa [1]. Nous avons fait une longue traite [2] aujourd'hui ; mais il ne faut pas plaindre notre fatigue, car nous avons fait une fameuse prise. Nous venons d'empoigner Gianetto Sanpiero.

– Dieu soit loué ! s'écria Giuseppa. Il nous a volé une chèvre laitière la semaine passée. »

Ces mots réjouirent Gamba.

« Pauvre diable ! dit Mateo, il avait faim.

– Le drôle s'est défendu comme un lion, poursuivit l'adjudant un peu mortifié [3] ; il m'a tué un de mes voltigeurs, et, non content de cela, il a cassé le bras au caporal Chardon ; mais il n'y a pas grand mal, ce n'était qu'un Français… Ensuite, il s'était si bien caché que le diable ne l'aurait pu découvrir. Sans mon petit cousin Fortunato, je ne l'aurais jamais pu trouver.

– Fortunato ! s'écria Mateo.

– Fortunato ! répéta Giuseppa.

– Oui, le Gianetto s'était caché sous ce tas de foin là-bas ; mais mon petit cousin m'a montré la malice. Aussi je le dirai à son oncle le caporal, afin qu'il lui envoie un beau cadeau pour sa peine. Et son nom et le tien seront dans le rapport que j'enverrai à M. l'avocat général.

– Malédiction ! » dit tout bas Mateo.

Ils avaient rejoint le détachement. Gianetto était déjà couché sur la litière et prêt à partir. Quand il vit Mateo en la compagnie de Gamba, il sourit d'un sourire étrange ; puis, se tournant vers la porte de la maison, il cracha sur le seuil en disant : « Maison d'un traître ! »

Il n'y avait qu'un homme décidé à mourir qui eût osé prononcer le mot de traître en l'appliquant à Falcone. Un bon coup de stylet, qui n'aurait pas eu besoin d'être répété, aurait immédiatement

1. **Pepa** : diminutif de Giuseppa.
2. **Traite** : ici, trajet.
3. **Mortifié** : ici, vexé.

payé l'insulte. Cependant Mateo ne fit pas d'autre geste que celui de porter sa main à son front comme un homme accablé.

Fortunato était entré dans la maison en voyant arriver son père. Il reparut bientôt avec une jatte de lait, qu'il présenta les yeux baissés à Gianetto. « Loin de moi ! » lui cria le proscrit d'une voix foudroyante. Puis, se tournant vers un des voltigeurs : « Camarade, donne-moi à boire », dit-il. Le soldat remit sa gourde entre ses mains, et le bandit but l'eau que lui donnait un homme avec lequel il venait d'échanger des coups de fusil. Ensuite il demanda qu'on lui attachât les mains de manière qu'il les eût croisées sur sa poitrine, au lieu de les avoir liées derrière le dos. « J'aime, disait-il, à être couché à mon aise. » On s'empressa de le satisfaire ; puis l'adjudant donna le signal du départ, dit adieu à Mateo, qui ne lui répondit pas, et descendit au pas accéléré vers la plaine.

Il se passa près de dix minutes avant que Mateo ouvrît la bouche. L'enfant regardait d'un œil inquiet tantôt sa mère et tantôt son père, qui, s'appuyant sur son fusil, le considérait avec une expression de colère concentrée.

« Tu commences bien ! dit enfin Mateo d'une voix calme, mais effrayante pour qui connaissait l'homme.

– Mon père ! » s'écria l'enfant en s'avançant les larmes aux yeux comme pour se jeter à ses genoux. Mais Mateo lui cria : « Arrière de moi ! » Et l'enfant s'arrêta et sanglota, immobile, à quelques pas de son père.

Giuseppa s'approcha. Elle venait d'apercevoir la chaîne de la montre, dont un bout sortait de la chemise de Fortunato.

« Qui t'a donné cette montre ? demanda-t-elle d'un air sévère.

– Mon cousin l'adjudant. »

Falcone saisit la montre, et, la jetant avec force contre une pierre, il la mit en mille pièces.

« Femme, dit-il, cet enfant est-il de moi ? »

Les joues brunes de Giuseppa devinrent d'un rouge de brique.

« Que dis-tu, Mateo ? et sais-tu bien à qui tu parles ?

– Eh bien, cet enfant est le premier de sa race qui ait fait une trahison. »

Les sanglots et les hoquets de Fortunato redoublèrent, et Falcone tenait ses yeux de lynx toujours attachés sur lui. Enfin il frappa la terre de la crosse de son fusil, puis le jeta sur son épaule et reprit le chemin du maquis en criant à Fortunato de le suivre. L'enfant obéit.

Giuseppa courut après Mateo et lui saisit le bras. « C'est ton fils, lui dit-elle d'une voix tremblante en attachant ses yeux noirs sur ceux de son mari, comme pour lire ce qui se passait dans son âme.

– Laisse-moi, répondit Mateo : je suis son père. »

Giuseppa embrassa son fils et entra en pleurant dans sa cabane. Elle se jeta à genoux devant une image de la Vierge et pria avec ferveur[1]. Cependant Falcone marcha quelque deux cents pas dans le sentier et ne s'arrêta que dans un petit ravin où il descendit. Il sonda la terre avec la crosse de son fusil et la trouva molle et facile à creuser. L'endroit lui parut convenable pour son dessein.

« Fortunato, va auprès de cette grosse pierre. »

L'enfant fit ce qu'il lui commandait, puis il s'agenouilla.

« Dis tes prières.

– Mon père, mon père, ne me tuez pas !

– Dis tes prières ! » répéta Mateo d'une voix terrible.

L'enfant, tout en balbutiant et en sanglotant, récita le *Pater* et le *Credo*[2]. Le père, d'une voix forte, répondait *Amen !* à la fin de chaque prière.

« Sont-ce là toutes les prières que tu sais ?

– Mon père, je sais encore l'*Ave Maria*[3] et la litanie[4] que ma tante m'a apprise.

---

1. **Ferveur** : ardeur.
2. **Pater et Credo** : titres de deux prières dites en latin.
3. **Ave Maria** : titre de la prière adressée à la Vierge.
4. **Litanie** : longue prière formée d'une suite d'invocations à la Vierge et aux saints.

– Elle est bien longue, n'importe. »

L'enfant acheva la litanie d'une voix éteinte.

« As-tu fini ?

– Oh ! mon père, grâce ! pardonnez-moi ! Je ne le ferai plus ! Je prierai tant mon cousin le caporal qu'on fera grâce au Gianetto ! »

Il parlait encore ; Mateo avait armé son fusil et le couchait en joue [1] en lui disant : « Que Dieu te pardonne ! » L'enfant fit un effort désespéré pour se relever et embrasser les genoux de son père ; mais il n'en eut pas le temps. Mateo fit feu, et Fortunato tomba roide mort.

Sans jeter un coup d'œil sur le cadavre, Mateo reprit le chemin de sa maison pour aller chercher une bêche afin d'enterrer son fils. Il avait fait à peine quelques pas qu'il rencontra Giuseppa, qui accourait alarmée du coup de feu.

« Qu'as-tu fait ? s'écria-t-elle.

– Justice.

– Où est-il ?

– Dans le ravin. Je vais l'enterrer. Il est mort en chrétien ; je lui ferai chanter une messe. Qu'on dise à mon gendre Tiodoro Bianchi de venir demeurer avec nous. »

1. **Le couchait en joue** : le visait.

# Arrêt sur lecture 3

## Un quiz pour commencer

***Cochez les bonnes réponses.***

❶ *Qui transporte le gros sac de châtaignes ?*

❒ Giuseppa.

❒ Mateo.

❒ Un mulet.

❷ *Comment Mateo aborde-t-il l'adjudant ?*

❒ Avec crainte.

❒ Avec confiance.

❒ Avec prudence.

❸ *Quel sentiment éprouve-t-il envers Gianetto ?*

❒ De la pitié.

❒ De la colère.

❒ De l'indifférence.

❹ *Qui lui apprend la trahison de son fils ?*

❒ Gianetto.

❒ Giuseppa.

❒ Gamba.

5 *À qui Gianetto demande-t-il de l'eau ?*
- ❐ À Fortunato.
- ❐ Au voltigeur.
- ❐ À Mateo.

6 *Où Mateo exécute-t-il son fils ?*
- ❐ Devant la maison.
- ❐ Dans le sentier.
- ❐ Dans un ravin.

7 *Après « avoir fait justice », qui Mateo fait-il venir chez lui ?*
- ❐ Le curé.
- ❐ Son voisin.
- ❐ Son gendre.

# Des questions pour aller plus loin

## Analyser le dénouement de la nouvelle

### Le retour du père (l. 285 à 330)

[du début de l'extrait jusqu' à « au moment où l'adjudant le joignit »]

1 Relevez deux expressions qui soulignent le caractère soudain et inattendu de l'arrivée de Mateo et la présentent comme un coup de théâtre.

2 Pourquoi peut-on dire que le père est revenu trop tôt ? Montrez que Fortunato est victime d'un tragique concours de circonstances.

❸ Que nous apprend ce passage sur l'attitude de Mateo à l'égard de Giuseppa ?
❹ Comment le narrateur juge-t-il le comportement de Mateo envers sa femme ? Relevez deux phrases du texte où se manifeste son ironie.
❺ Comment Mateo réagit-il à la vue des gendarmes ? Quelles explications le narrateur donne-t-il à son attitude ?
❻ « Bien famé » vient de *fama* et signifie : « qui a bonne réputation ». Cherchez un adjectif de la même famille formé sur le même radical latin.

## Un fils indigne (l. 331 à 399)

**[de « Bonjour frère » à « qui ait fait une trahison »]**

❼ Quelles sont les raisons qui conduisent Gamba à exprimer sa gratitude à l'égard de Fortunato devant Mateo ?
❽ Mateo est-il sensible à ces louanges ? Quel sens donnez-vous à son exclamation : « Malédiction » (l. 355) ?
❾ Pourquoi Mateo accepte-t-il sans réagir l'insulte proférée par Gianetto ?
❿ Giuseppa partage-t-elle l'indulgence de son mari à l'égard du bandit ? En quoi cependant va-t-elle précipiter le destin de son fils ?
⓫ Relevez la phrase où Mateo met en doute sa paternité. Comment justifie-t-il cette remise en question ?
⓬ Comment le jeune garçon essaie-t-il de se faire pardonner sa faute ? En quoi ce geste rend-il le personnage émouvant et pathétique ?
⓭ Réécrivez la phrase suivante en mettant au style direct les paroles de Giannetto présentées au style indirect : « Ensuite il demanda qu'on lui attachât les mains de manière qu'il les eût croisées sur sa poitrine, au lieu de les avoir liées derrière le dos » (l. 372 à 374).

## Un châtiment implacable

⓮ Quelles sont les différentes actions accomplies par Mateo dans cette scène ? À quel moment comprend-on que le dénouement tragique est inévitable ?

⓯ Quelles valeurs Mateo prétend-il respecter en tuant son fils ? Vous paraissent-elles conformes à la morale, religieuse ou laïque ?

⓰ La rapidité de décision puis d'exécution dont il fait preuve vous semblent-elles le signe d'une émotion refoulée ou d'une insensibilité totale ?

⓱ Comment se comporte Giuseppa face à la décision de son mari ? Quel est son seul recours ?

⓲ Dans les échanges de répliques entre Fortunato et son père, montrez que ce dernier n'écoute pas son fils. En quoi cela rend-il le dialogue pathétique et presque insupportable au lecteur ?

⓳ Le narrateur fait-il part au lecteur des pensées et des sentiments de Mateo dans cette scène ? Précisez le point de vue adopté dans le récit pour rapporter ses gestes et ses paroles et montrez que ce choix renforce le caractère barbare du châtiment.

⓴ Quelle décision Mateo prend-il après l'exécution de son fils ? Comment comprenez-vous cette volonté ?

***Rappelez-vous !***

La nouvelle se termine en général par un événement surprenant ou frappant qu'on appelle une chute. Dans *Mateo Falcone*, où le contexte géographique et culturel, les caractères des personnages, les interventions du narrateur créent un horizon d'attente menaçant et font craindre au lecteur un sombre dénouement, la chute n'en est pas moins brutale et choquante.

# De la lecture à l'écriture

## *Des mots pour mieux écrire*

**❶ *Retrouvez dans le passage étudié, les adjectifs qualifiant les voix de Mateo et de Fortunato.***

**❷ *Recherchez le sens du verbe « balbutier » dans un dictionnaire et proposez un synonyme.***

**❸ *Reliez les verbes introducteurs de la parole suivants aux actes de parole correspondants puis proposez d'autres verbes pour chaque acte de parole.***
– *Verbes introducteurs :* acquiescer, ressasser, couper, vociférer, fulminer, murmurer, s'enquérir, prétexter, objecter.
– *Actes de parole :* présenter des paroles données pour fausses, exprimer son accord, exprimer son désaccord, poser une question, interrompre un échange, s'exprimer avec colère, en criant, à voix basse, en se répétant.

## *À vous d'écrire*

❶ Imaginez une autre fin pour la nouvelle. Votre récit commencera au moment où Mateo et sa femme rentrent chez eux et aperçoivent les gendarmes.
**Consigne.** Votre récit comportera des dialogues.

❷ Rédigez la suite immédiate de cette nouvelle en racontant notamment l'arrivée, chez Mateo Falcone, de son gendre Tiodoro Bianchi.
**Consigne.** Vous inclurez dans votre récit un dialogue entre Tiodoro et Mateo qui lui exposera les faits et ses intentions.

# Du texte à l'image

➡ **Photographie d'un berger corse, vers 1900.**
**(Image reproduite en fin d'ouvrage, au verso de la couverture.)**

## *Lire l'image*

❶ Observez attentivement cette photographie et décrivez ce que vous voyez au premier plan, au second plan et à l'arrière-plan.
❷ Décrivez plus particulièrement les vêtements et la posture du personnage.
❸ L'objet que le personnage porte sur l'épaule est-il habituellement utilisé par les bergers selon vous ? À quoi peut-il servir ?

## *Comparer le texte et l'image*

❹ Quels points de comparaison pouvez-vous établir entre cette photographie du personnage et la présentation des bergers corses tout au long de la nouvelle ?
❺ Quelle correspondance voyez-vous entre le paysage photographié et celui qui sert de cadre au récit étudié ?

## *À vous de créer*

❻ Exprimez, dans un monologue, les pensées de ce personnage qui évoque les joies et les peines de la vie de berger, dans un milieu rude dont il partage cependant les valeurs.
❼ Racontez la rencontre de ce berger avec un des bandits d'honneur évoqués dans la nouvelle.

# Arrêt sur l'œuvre

## Des questions sur l'ensemble de *Mateo Falcone*

### Une dimension tragique

❶ Montrez que la nouvelle se déroule en un temps limité, en un lieu défini et qu'elle présente une intrigue unique, obéissant en cela à la règle des trois unités (de temps, de lieu, et d'action) propre à la tragédie classique.

❷ Retrouvez, dans le texte, les cinq parties qui pourraient correspondre aux cinq actes d'une tragédie, de la scène d'exposition au dénouement.

❸ Expliquez en quoi Fortunato, à la manière d'un héros de tragédie soumis à la fatalité, a été victime d'un enchaînement de circonstances qui l'ont conduit à la mort sans issue possible.

❹ Quel mot caractéristique de la tragédie Mateo prononce-t-il en apprenant la trahison de son fils? Quelle valeur place-t-il au-dessus de ses liens familiaux et de ses sentiments, à la manière d'un héros tragique?

### Une filiation problématique

❺ Quelles expressions indiquent au début de la nouvelle que Fortunato est l'objet de la fierté paternelle? Que représente, selon vous, le fait que Mateo lui laisse la garde de la maison?

6 Relevez, tout au long de la nouvelle, les répliques où la filiation de Fortunato est tour à tour affirmée, remise en question ou niée par différents personnages (par exemple : « Tu es le fils de Mateo Falcone ? », p. 22, l. 92). Précisez chaque fois par qui la phrase est prononcée.

7 Comment interprétez-vous le fait que Fortunato soit uniquement désigné par son prénom ? Montrez qu'en remplaçant son fils par son gendre Tiodoro Bianchi, Mateo a définitivement renié son fils et son nom de famille.

## Des valeurs archaïques

8 Analysez la place de la femme dans la Corse du XIXe siècle, telle qu'elle apparaît dans cette nouvelle.

9 En quoi Fortunato manque-t-il aux règles d'hospitalité du maquis ? Comparez son attitude à celle des bergers corses évoquée au début du récit.

10 La justice de la ville aurait-elle condamné à mort Fortunato pour avoir livré le bandit aux gendarmes ? Expliquez en quoi le code de l'honneur et de la vengeance appliqué par Mateo s'oppose à la justice officielle.

# Des mots pour mieux écrire

## Lexique des armes et du combat

**Baïonnette** : arme métallique pointue qui s'ajuste au canon d'un fusil.
**Chevrotines** : plombs de chasse de gros calibre.
**Coucher en joue** : épauler un fusil pour viser.
**Culbuter** : renverser, bousculer.
**Embuscade** : ruse consistant à se cacher pour surprendre l'adversaire.
**Escopette** : fusil à bouche évasée.
**Faire feu à couvert** : tirer avec une arme en se mettant à l'abri pour éviter la riposte.
**Garrotter** : lier quelqu'un fortement pour empêcher sa fuite.

**Giberne** : sacoche servant à mettre des cartouches.
**Hostile** : qui se comporte comme un ennemi.
**Munitions** : approvisionnement destiné aux armes à feu.
**Retraite** : mouvement de repli effectué par des soldats.
**Stylet** : petit poignard à lame effilée.
**Tirailler** : tirer des coups irréguliers de façon répétée.
**Traquer** : poursuivre une proie ou un ennemi avec acharnement.

## *Mots croisés*

Tous les mots à placer dans cette grille simplifiée se trouvent dans le lexique des armes et du combat.

**Horizontalement**

**1.** Poursuivre sans relâche
**2.** Sac servant à transporter des cartouches
**3.** Pistolet des gendres de Mateo
**4.** Poignard utilisé pour les vendettas

**Verticalement**

**A.** Qui témoigne une forte inimitié
**B.** Piège tendu à des ennemis
**C.** Mouvement d'une armée vaincue
**D.** Il ne faut pas en manquer lors d'un combat

## Lexique de la justice et de l'honneur

**Avocat général** : magistrat représentant le ministère public, chargé de l'accusation.
**Bien famé** : qui a bonne réputation (du latin *fama* : la renommée, la réputation).
**Cachot** : cellule de prison, obscure et de petite taille.
**Démêlés** : désaccords. *Avoir eu des démêlés avec la justice* : avoir été exposé à une condamnation.
**Fers** : entraves qui enchaînent un prisonnier. *Mettre les fers aux pieds* : emprisonner.
**Mépris** : fait de juger quelqu'un indigne d'estime, de considération.
**Mérite** : ensemble de qualités qui rendent une personne digne d'estime.
**Peccadille** : petite faute sans gravité.
**Proscrit** : exclu, banni d'un pays, d'une société.
**Réputation** : opinion communément admise sur une personne, qui peut être positive ou négative : avoir bonne ou mauvaise réputation.
**Trahison** : fait de livrer ou de dénoncer de façon déloyale.

***Complétez les phrases suivantes à l'aide de mots du lexique de la justice et de l'honneur :***

**a.** Jean Valjean a été condamné aux galères pour une ____________ : le vol d'un pain pour se nourrir.

**b.** Le Comte de Monte-Cristo a passé de longues années dans un ____________ de la prison du Château d'If.

**c.** Ce voisin est très désagréable : j'ai eu de nombreux ____________ avec lui.

**d.** Victor Hugo, condamné à l'exil par Napoléon III, a donc vécu dans l'île de Guernesey comme un ____________.

**e.** Le ____________ d'un homme ne se mesure ni à sa fortune ni à sa réussite sociale.

# À vous de créer

## Une mise en scène du procès de Mateo Falcone

Vous reconstituerez devant la classe le procès de Mateo Falcone qui comparaît devant la cour d'assises du tribunal de Bastia pour répondre du meurtre de son fils Fortunato Falcone.

### La préparation du procès

– Renseignez-vous sur la tenue d'un procès d'assises et en particulier sur le rôle tenu par ses principaux acteurs (président du tribunal, avocat général, avocat de la défense, témoins, jurés, accusé) et sur les différentes étapes de son déroulement.

– Distribuez les rôles. Vous pouvez, par exemple, prévoir l'audition de deux ou trois témoins à charge et à décharge.

– Préparez votre passage. Si vous êtes l'avocat chargé de l'accusation (avocat général) ou l'avocat chargé de la défense, il vous faudra composer une plaidoirie en cherchant des arguments qui accableront Mateo Falcone dans le premier cas, ou qui lui vaudront des circonstances atténuantes, dans le second. Mateo ne peut en effet plaider non-coupable.

### La présentation du procès

Vous organiserez l'espace de la classe en fonction de cette présentation. Chacun devra avoir mémorisé un certain nombre d'éléments concernant sa prestation, surtout en ce qui concerne les plaidoiries. Après que le jury aura délibéré et rendu son verdict, la classe pourra à son tour être consultée pour donner son opinion et prolonger ainsi le débat.

# La Vénus d'Ille

Ἵλεως ἦν δ'ἐγώ, ἔστω ὁ ἀνδριάς
καὶ ἤπιος, οὕτως ἀνδρεῖος ὤν.

ΛΟΥΚΙΑΝΟΥ ΦΙΛΟΨΕΥΔΗΣ[1]

1. « Que la statue, disais-je, sois favorable et bienveillante, puisqu'elle ressemble tant à un homme », Lucien, *Le Menteur* (traduction de M. Parturier).

Je descendais le dernier coteau du Canigou [1], et, bien que le soleil fût déjà couché, je distinguais dans la plaine les maisons de la petite ville d'Ille, vers laquelle je me dirigeais.

« Vous savez, dis-je au Catalan [2] qui me servait de guide depuis la veille, vous savez sans doute où demeure M. de Peyrehorade ?

– Si je le sais ! s'écria-t-il, je connais sa maison comme la mienne ; et s'il ne faisait pas si noir, je vous la montrerais. C'est la plus belle d'Ille. Il a de l'argent, oui, M. de Peyrehorade ; et il marie son fils à plus riche que lui encore.

– Et ce mariage se fera-t-il bientôt ? lui demandai-je.

– Bientôt ! il se peut déjà que les violons soient commandés pour la noce. Ce soir, peut-être, demain, après-demain, que sais-je ! C'est à Puygarrig que ça se fera ; car c'est Mlle de Puygarrig que monsieur le fils épouse. Ce sera beau, oui ! »

J'étais recommandé à M. de Peyrehorade par mon ami M. de P. C'était, m'avait-il dit, un antiquaire [3] fort instruit et d'une complaisance [4] à toute épreuve. Il se ferait un plaisir de me montrer toutes les ruines à dix lieues [5] à la ronde. Or, je comptais sur lui pour visiter les environs d'Ille, que je savais riches en monuments

---

1. **Canigou** : sommet des Pyrénées orientales.
2. **Catalan** : habitant de la Catalogne, communauté autonome d'Espagne.
3. **Antiquaire** : ici, personne passionnée par ce qui est ancien.
4. **Complaisance** : disposition à se conformer aux goûts et aux sentiments d'autrui pour lui plaire.
5. **Lieues** : la lieue est une ancienne mesure équivalant à quatre kilomètres environ.

antiques et du Moyen Âge. Ce mariage, dont on me parlait alors pour la première fois, dérangeait tous mes plans.

« Je vais être un trouble-fête », me dis-je. Mais j'étais attendu : annoncé par M. de P., il fallait bien me présenter.

« Gageons, monsieur, me dit mon guide, comme nous étions déjà dans la plaine, gageons un cigare que je devine ce que vous allez faire chez M. de Peyrehorade ?

– Mais, répondis-je en lui tendant un cigare, cela n'est pas bien difficile à deviner. À l'heure qu'il est, quand on a fait six lieues dans le Canigou, la grande affaire, c'est de souper.

– Oui, mais demain ?... Tenez, je parierais que vous venez à Ille pour voir l'idole [1] ? J'ai deviné cela à vous voir tirer en portrait [2] les saints de Serrabona [3].

– L'idole ! quelle idole ? » Ce mot avait excité ma curiosité.

« Comment ! on ne vous a pas conté, à Perpignan, comment M. de Peyrehorade avait trouvé une idole en terre ?

– Vous voulez dire une statue en terre cuite, en argile ?

– Non pas. Oui, bien en cuivre, et il y en a de quoi faire des gros sous. Elle vous pèse autant qu'une cloche d'église. C'est bien avant dans la terre, au pied d'un olivier, que nous l'avons eue.

– Vous étiez donc présent à la découverte ?

– Oui, monsieur. M. de Peyrehorade nous dit, il y a quinze jours, à Jean Coll et à moi, de déraciner un vieil olivier qui était gelé de l'année dernière, car elle a été bien mauvaise, comme vous savez. Voilà donc qu'en travaillant, Jean Coll, qui y allait de tout cœur, il donne un coup de pioche, et j'entends bimm... comme s'il avait tapé sur une cloche. "Qu'est-ce que c'est ?" que je dis. Nous piochons toujours, nous piochons, et voilà qu'il paraît une main noire, qui semblait la main d'un mort qui sortait de terre. Moi, la peur me prend. Je m'en vais à monsieur, et je lui dis :

1. **Idole** : représentation d'une divinité païenne.
2. **Tirer en portrait** : représenter, dessiner.
3. **Serrabona** : prieuré roman du XIe siècle situé dans les Pyrénées orientales.

“Des morts, notre maître, qui sont sous l'olivier ! Faut appeler le curé. – Quels morts ?” qu'il me dit. Il vient, et il n'a pas plus tôt vu la main qu'il s'écrie : “Un antique [1] ! un antique !” Vous auriez cru qu'il avait trouvé un trésor. Et le voilà avec la pioche, avec les mains, qu'il se démène et qui faisait quasiment autant d'ouvrage que nous deux.

– Et enfin que trouvâtes-vous ?

– Une grande femme noire plus qu'à moitié nue, révérence parler [2], monsieur, toute en cuivre, et M. de Peyrehorade nous a dit que c'était une idole du temps des païens… du temps de Charlemagne, quoi !

– Je vois ce que c'est… Quelque bonne Vierge en bronze d'un couvent détruit.

– Une bonne Vierge ! ah bien oui ! Je l'aurais bien reconnue, si ç'avait été une bonne Vierge. C'est une idole, vous dis-je : on le voit bien à son air. Elle vous fixe avec ses grands yeux blancs… On dirait qu'elle vous dévisage. On baisse les yeux, oui, en la regardant.

– Des yeux blancs ? Sans doute ils sont incrustés dans le bronze. Ce sera peut-être quelque statue romaine.

– Romaine ! c'est cela. M. de Peyrehorade dit que c'est une Romaine. Ah ! je vois bien que vous êtes un savant comme lui.

– Est-elle entière, bien conservée ?

– Oh ! monsieur, il ne lui manque rien. C'est encore plus beau et mieux fini que le buste de Louis-Philippe [3], qui est à la mairie, en plâtre peint. Mais avec tout cela, la figure de cette idole ne me revient pas. Elle a l'air méchante… et elle l'est aussi.

– Méchante ! Quelle méchanceté vous a-t-elle faite ?

1. **Antique** : œuvre d'art datant de l'Antiquité.
2. **Révérence parler** : formule d'excuse populaire utilisée pour nuancer certains propos et dont le sens est proche de celui de l'expression « sauf le respect que je vous dois ».
3. **Louis-Philippe** : roi des Français de 1830 à 1848, au pouvoir à l'époque où est censée se dérouler l'histoire de *La Vénus d'Ille*.

– Pas à moi précisément; mais vous allez voir. Nous nous étions mis à quatre pour la dresser debout, et M. de Peyrehorade, qui lui aussi tirait à la corde, bien qu'il n'ait guère plus de force qu'un poulet, le digne homme! Avec bien de la peine nous la mettons droite. J'amassai un tuileau [1] pour la caler, quand, patatras! la voilà qui tombe à la renverse tout d'une masse. Je dis: "Gare dessous!" Pas assez vite pourtant, car Jean Coll n'a pas eu le temps de tirer sa jambe...

– Et il a été blessé?

– Cassée net comme un échalas [2], sa pauvre jambe! Pécaïre [3]! quand j'ai vu cela, moi, j'étais furieux. Je voulais défoncer l'idole à coups de pioche, mais M. de Peyrehorade m'a retenu. Il a donné de l'argent à Jean Coll, qui tout de même est encore au lit depuis quinze jours que cela lui est arrivé, et le médecin dit qu'il ne marchera jamais de cette jambe-là comme de l'autre. C'est dommage, lui qui était notre meilleur coureur et, après monsieur le fils, le plus malin joueur de paume [4]. C'est que M. Alphonse de Peyrehorade en a été triste, car c'est Coll qui faisait sa partie. Voilà qui était beau à voir comme ils se renvoyaient les balles. Paf! paf! Jamais elles ne touchaient terre.»

Devisant [5] de la sorte, nous entrâmes à Ille, et je me trouvai bientôt en présence de M. de Peyrehorade. C'était un petit vieillard vert [6] encore et dispos, poudré, le nez rouge, l'air jovial [7] et goguenard [8]. Avant d'avoir ouvert la lettre de M. de P., il m'avait installé devant une table bien servie, et m'avait présenté à sa femme et à son fils

---

1. **Tuileau**: morceau de tuile.
2. **Échalas**: tuteur servant à soutenir une vigne ou un jeune arbre.
3. **Pécaïre**: terme méridional exprimant la pitié attendrie et synonyme de «peuchère».
4. **Jeu de paume**: jeu de balle, ancêtre du tennis.
5. **Devisant**: conversant, discutant.
6. **Vert**: plein de vigueur.
7. **Jovial**: gai, de bonne humeur.
8. **Goguenard**: moqueur.

comme un archéologue illustre, qui devait tirer le Roussillon [1] de l'oubli où le laissait l'indifférence des savants.

Tout en mangeant de bon appétit, car rien ne dispose mieux que l'air vif des montagnes, j'examinais mes hôtes. J'ai dit un mot de M. de Peyrehorade ; je dois ajouter que c'était la vivacité même. Il parlait, mangeait, se levait, courait à sa bibliothèque, m'apportait des livres, me montrait des estampes [2], me versait à boire ; il n'était jamais deux minutes en repos. Sa femme, un peu trop grasse, comme la plupart des Catalanes lorsqu'elles ont passé quarante ans, me parut une provinciale renforcée, uniquement occupée des soins du ménage. Bien que le souper fût suffisant pour six personnes au moins, elle courut à la cuisine, fit tuer des pigeons, frire des miliasses [3], ouvrit je ne sais combien de pots de confitures. En un instant la table fut encombrée de plats et de bouteilles, et je serais certainement mort d'indigestion si j'avais goûté seulement à tout ce qu'on m'offrait. Cependant, à chaque plat que je refusais, c'étaient de nouvelles excuses. On craignait que je ne me trouvasse bien mal à Ille. Dans la province on a si peu de ressources, et les Parisiens sont si difficiles !

Au milieu des allées et venues de ses parents, M. Alphonse de Peyrehorade ne bougeait pas plus qu'un Terme [4]. C'était un grand jeune homme de vingt-six ans, d'une physionomie belle et régulière, mais manquant d'expression. Sa taille et ses formes athlétiques justifiaient bien la réputation d'infatigable joueur de paume qu'on lui faisait dans le pays. Il était ce soir-là habillé avec élégance, exactement d'après la gravure du dernier numéro du *Journal des Modes*. Mais il me semblait gêné dans ses vêtements ; il était roide comme un piquet dans son col de velours, et ne se

1. **Roussillon** : région du sud de la France.
2. **Estampes** : images gravées.
3. **Miliasses** : galettes à base de farine de maïs.
4. **Terme** : dieu romain veillant sur les bornes qui marquent les limites des propriétés.

tournait que tout d'une pièce. Ses mains grosses et hâlées [1], ses ongles courts contrastaient singulièrement avec son costume. C'étaient des mains de laboureur sortant des manches d'un dandy [2]. D'ailleurs, bien qu'il me considérât de la tête aux pieds fort curieusement, en ma qualité de Parisien, il ne m'adressa qu'une seule fois la parole dans toute la soirée, ce fut pour me demander où j'avais acheté la chaîne de ma montre.

« Ah çà ! mon cher hôte, me dit M. de Peyrehorade, le souper tirant à sa fin, vous m'appartenez, vous êtes chez moi. Je ne vous lâche plus, sinon quand vous aurez vu tout ce que nous avons de curieux dans nos montagnes. Il faut que vous appreniez à connaître notre Roussillon, et que vous lui rendiez justice. Vous ne vous doutez pas de tout ce que nous allons vous montrer, monuments phéniciens, celtiques, romains, arabes, byzantins, vous verrez tout, depuis le cèdre jusqu'à l'hysope [3]. Je vous mènerai partout et ne vous ferai pas grâce d'une brique. »

Un accès de toux l'obligea de s'arrêter. J'en profitai pour lui dire que je serais désolé de le déranger dans une circonstance aussi intéressante pour sa famille. S'il voulait bien me donner ses excellents conseils sur les excursions que j'aurais à faire, je pourrais, sans qu'il prît la peine de m'accompagner…

« Ah ! vous voulez parler du mariage de ce garçon-là, s'écria-t-il en m'interrompant. Bagatelle [4], ce sera fait après-demain. Vous ferez la noce avec nous, en famille, car la future est en deuil d'une tante dont elle hérite. Ainsi point de fête, point de bal… C'est dommage… vous auriez vu danser nos Catalanes… Elles sont jolies, et peut-être l'envie vous aurait-elle pris d'imiter mon Alphonse. Un mariage, dit-on, en amène d'autres… Samedi, les jeunes gens mariés, je suis libre, et nous nous mettons en course.

1. **Hâlées** : légèrement bronzées.
2. **Dandy** : homme élégant et raffiné.
3. **Depuis le cèdre jusqu'à l'hysope** : du plus grand au plus petit ; l'hysope est un petit arbre méditerranéen.
4. **Bagatelle** : chose de peu de valeur, sans importance.

Je vous demande pardon de vous donner l'ennui d'une noce de province. Pour un Parisien blasé sur les fêtes… et une noce sans bal encore ! Pourtant, vous verrez une mariée… une mariée… vous m'en direz des nouvelles… Mais vous êtes un homme grave et vous ne regardez plus les femmes. J'ai mieux que cela à vous montrer. Je vous ferai voir quelque chose !… Je vous réserve une fière surprise pour demain.

– Mon Dieu ! lui dis-je, il est difficile d'avoir un trésor dans sa maison sans que le public en soit instruit. Je crois deviner la surprise que vous me préparez. Mais si c'est de votre statue qu'il s'agit, la description que mon guide m'en a faite n'a servi qu'à exciter ma curiosité et à me disposer à l'admiration.

– Ah ! il vous a parlé de l'idole, car c'est ainsi qu'ils appellent ma belle Vénus Tur… mais je ne veux rien vous dire. Demain, au grand jour, vous la verrez, et vous me direz si j'ai raison de la croire un chef-d'œuvre. Parbleu ! vous ne pouviez arriver plus à propos ! Il y a des inscriptions que moi, pauvre ignorant, j'explique à ma manière… mais un savant de Paris !… Vous vous moquerez peut-être de mon interprétation… car j'ai fait un mémoire [1]… moi qui vous parle… vieil antiquaire de province, je me suis lancé… Je veux faire gémir la presse [2]… Si vous vouliez bien me lire et me corriger, je pourrais espérer… Par exemple, je suis bien curieux de savoir comment vous traduirez cette inscription sur le socle : CAVE [3]… Mais je ne veux rien vous demander encore ! À demain, à demain ! Pas un mot sur la Vénus aujourd'hui.

– Tu as raison, Peyrehorade, dit sa femme, de laisser là ton idole. Tu devrais voir que tu empêches monsieur de manger. Va, monsieur a vu à Paris de bien plus belles statues que la tienne. Aux Tuileries [4], il y en a des douzaines, et en bronze aussi.

– Voilà bien l'ignorance, la sainte ignorance de la province !

---

1. **Mémoire** : compte rendu d'une étude destiné à un public savant.
2. **Faire gémir la presse** : faire imprimer.
3. **Cave** : « prends garde » en latin.
4. **Palais des Tuileries** : au XIXe siècle, résidence royale située à Paris.

interrompit M. de Peyrehorade. Comparer un antique admirable aux plates figures de Coustou[1] ! *Comme avec irrévérence / Parle des dieux ma ménagère*[2] ! Savez-vous que ma femme voulait que je fondisse ma statue pour en faire une cloche à notre église ? C'est qu'elle en eût été la marraine. Un chef-d'œuvre de Myron[3], monsieur !

– Chef-d'œuvre ! chef-d'œuvre ! un beau chef-d'œuvre qu'elle a fait ! casser la jambe d'un homme !

– Ma femme, vois-tu ? dit M. de Peyrehorade d'un ton résolu, et tendant vers elle sa jambe droite dans un bas de soie chinée[4], si ma Vénus m'avait cassé cette jambe-là, je ne la regretterais pas.

– Bon Dieu ! Peyrehorade, comment peux-tu dire cela ! Heureusement que l'homme va mieux… Et encore je ne peux pas prendre sur moi de regarder la statue qui fait des malheurs comme celui-là. Pauvre Jean Coll !

– Blessé par Vénus, monsieur, dit M. de Peyrehorade riant d'un gros rire, blessé par Vénus, le maraud[5] se plaint : *Veneris nec praemia noris*[6]. Qui n'a pas été blessé par Vénus ? »

M. Alphonse, qui comprenait le français mieux que le latin, cligna de l'œil d'un air d'intelligence, et me regarda comme pour me demander : « Et vous, Parisien, comprenez-vous ? »

Le souper finit. Il y avait une heure que je ne mangeais plus. J'étais fatigué, et je ne pouvais parvenir à cacher les fréquents bâillements qui m'échappaient. Mme de Peyrehorade s'en aperçut la première, et remarqua qu'il était temps d'aller dormir.

1. **Nicolas Coustou (1658-1733)** : sculpteur français dont certaines œuvres sont exposées aux Tuileries.
2. **Comme avec irrévérence/Parle des dieux ma ménagère** : variation sur une citation de Molière, dans sa pièce de 1668, *Amphitryon* (« Comme avec irrévérence, parle des dieux ce maraud ! », acte I, scène 2).
3. **Myron** : sculpteur grec du v<sup>e</sup> siècle avant notre ère.
4. **Chinée** : dont la maille présente des couleurs alternées formant un dessin irrégulier.
5. **Maraud** : coquin, vaurien.
6. **Veneris nec praemia noris** : et les présents de Vénus, tu ne les connais pas (citation latine de Virgile dans son poème épique, l'*Énéide*).

Alors commencèrent de nouvelles excuses sur le mauvais gîte[1] que j'allais avoir. Je ne serais pas comme à Paris. En province on est si mal ! Il fallait de l'indulgence pour les Roussillonnais. J'avais beau protester qu'après une course dans les montagnes, une botte de paille me serait un coucher délicieux, on me priait toujours de pardonner à de pauvres campagnards s'ils ne me traitaient pas aussi bien qu'ils l'eussent désiré. Je montai enfin à la chambre qui m'était destinée, accompagné de M. de Peyrehorade. L'escalier, dont les marches supérieures étaient en bois, aboutissait au milieu d'un corridor[2], sur lequel donnaient plusieurs chambres.

« À droite, me dit mon hôte, c'est l'appartement que je destine à la future Mme Alphonse. Votre chambre est au bout du corridor opposé. Vous sentez bien, ajouta-t-il d'un air qu'il voulait rendre fin, vous sentez bien qu'il faut isoler de nouveaux mariés. Vous êtes à un bout de la maison, eux à l'autre. »

Nous entrâmes dans une chambre bien meublée, où le premier objet sur lequel je portai la vue fut un lit long de sept pieds[3], large de six, et si haut qu'il fallait un escabeau pour s'y guinder[4]. Mon hôte m'ayant indiqué la position de la sonnette, et s'étant assuré par lui-même que le sucrier était plein, les flacons d'eau de Cologne dûment placés sur la toilette[5], après m'avoir demandé plusieurs fois si rien ne me manquait, me souhaita une bonne nuit et me laissa seul.

Les fenêtres étaient fermées. Avant de me déshabiller, j'en ouvris une pour respirer l'air frais de la nuit, délicieux après un long souper. En face était le Canigou, d'un aspect admirable en tout temps, mais qui me parut ce soir-là la plus belle montagne

1. **Gîte** : logement, maison.
2. **Corridor** : couloir.
3. **Pieds** : le pied est une ancienne unité de mesure équivalant à trente-trois centimètres environ.
4. **S'y guinder** : s'y hisser.
5. **Toilette** : meuble où l'on met ce qui est nécessaire pour la toilette.

du monde, éclairé qu'il était par une lueur resplendissante. Je demeurai quelques minutes à contempler sa silhouette merveilleuse, et j'allais fermer ma fenêtre, lorsque, baissant les yeux, j'aperçus la statue sur un piédestal[1] à une vingtaine de toises[2] de la maison. Elle était placée à l'angle d'une haie vive qui séparait un petit jardin d'un vaste carré parfaitement uni, qui, je l'appris plus tard, était le jeu de paume de la ville. Ce terrain, propriété de M. de Peyrehorade, avait été cédé par lui à la commune, sur les pressantes sollicitations de son fils.

À la distance où j'étais, il m'était difficile de distinguer l'attitude de la statue ; je ne pouvais juger que de sa hauteur, qui me parut de six pieds environ. En ce moment, deux polissons de la ville passaient sur le jeu de paume, assez près de la haie, sifflant le joli air du Roussillon : *Montagnes régalades*[3]. Ils s'arrêtèrent pour regarder la statue ; un d'eux l'apostropha même à haute voix. Il parlait catalan ; mais j'étais dans le Roussillon depuis assez longtemps pour pouvoir comprendre à peu près ce qu'il disait :

« Te voilà donc, coquine ! (Le terme catalan était plus énergique.) Te voilà, disait-il. C'est donc toi qui as cassé la jambe à Jean Coll ! Si tu étais à moi, je te casserais le cou.

– Bah ! avec quoi ? dit l'autre. Elle est de cuivre, et si dure qu'Étienne a cassé sa lime dessus, essayant de l'entamer. C'est du cuivre du temps des païens ; c'est plus dur que je ne sais quoi.

– Si j'avais mon ciseau à froid (il paraît que c'était un apprenti serrurier), je lui ferais bientôt sauter ses grands yeux blancs, comme je tirerais une amande de sa coquille. Il y a pour plus de cent sous d'argent. »

Ils firent quelques pas en s'éloignant.

« Il faut que je souhaite le bonsoir à l'idole », dit le plus grand des apprentis, s'arrêtant tout à coup.

---

1. **Piédestal** : support élevé formant le socle d'une statue.
2. **Toises** : la toise est une ancienne unité de mesure équivalant à deux mètres environ.
3. **Montagnes régalades** : montagnes royales.

Il se baissa, et probablement ramassa une pierre. Je le vis déployer le bras, lancer quelque chose, et aussitôt un coup sonore retentit sur le bronze. Au même instant l'apprenti porta la main à sa tête en poussant un cri de douleur.

« Elle me l'a rejetée ! » s'écria-t-il.

Et mes deux polissons prirent la fuite à toutes jambes. Il était évident que la pierre avait rebondi sur le métal, et avait puni ce drôle [1] de l'outrage qu'il faisait à la déesse.

Je fermai la fenêtre en riant de bon cœur.

« Encore un Vandale puni par Vénus. Puissent tous les destructeurs de nos vieux monuments avoir ainsi la tête cassée ! »

Sur ce souhait charitable, je m'endormis.

1. **Drôle** : coquin.

# Arrêt sur lecture 1

## Un quiz pour commencer

***Cochez les bonnes réponses.***

❶ *Pourquoi le narrateur vient-il à Ille ?*

- ❒ Pour assister au mariage du fils de l'antiquaire.
- ☒ Pour inspecter les monuments antiques et médiévaux.
- ❒ Pour voir une statue récemment découverte.

❷ *Dans quel endroit la Vénus a-t-elle été découverte ?*

- ❒ Dans un champ de fouilles archéologiques.
- ☒ Au pied d'un arbre, dans une propriété de l'antiquaire.
- ❒ Dans les vestiges d'un temple romain.

❸ *Quelle « méchanceté » est attribuée à la Vénus ?*

- ☒ Elle a cassé la jambe d'un ouvrier.
- ❒ Elle a déraciné un vieil olivier.
- ❒ Elle a cassé le bras du guide.

❹ ***Quels convives partagent le premier dîner du narrateur à Ille ?***

❒ M. de Peyrehorade et sa femme.

❒ M. de Peyrehorade, sa femme, leur fils et sa fiancée.

☒ M. de Peyrehorade, sa femme et leur fils.

❺ ***Comment Alphonse de Peyrehorade est-il présenté par le narrateur ?***

❒ Comme un jeune homme vif et intelligent.

☒ Comme un jeune provincial mal à l'aise et peu bavard.

❒ Comme un jeune homme élégant, jovial et accueillant.

❻ ***Quels sentiments Mme de Peyrehorade éprouve-t-elle pour la Vénus ?***

❒ Elle partage l'admiration de son mari pour sa beauté.

☒ Elle craint son pouvoir et semble la jalouser.

☒ Elle éprouve du mépris pour les superstitions dont elle est l'objet.

❼ ***Pourquoi n'y aura-t-il ni fête ni bal pour le mariage d'Alphonse de Peyrehorade ?***

☒ La mariée est en deuil.

❒ Les festivités sont trop coûteuses.

❒ C'est le choix des futurs époux.

❽ ***Quel comportement les « polissons » ont-ils à l'égard de la statue ?***

☒ Ils l'insultent et lui lancent une pierre.

❒ Ils tracent des inscriptions sur elle.

❒ Ils montent sur son socle et dérobent son bracelet.

❾ ***Où se trouve la chambre du narrateur ?***

☒ Au premier étage, au bout d'un couloir.

❒ Au deuxième étage, loin de la chambre d'Alphonse.

❒ Au premier étage, près de la chambre des futurs mariés.

❿ ***Laquelle de ces propositions est-elle juste ?***

❒ Le narrateur voit une pierre ricocher sur la statue.

❒ Le narrateur voit la statue renvoyer une pierre.

☒ Le narrateur ne voit rien car il est trop loin et qu'il fait nuit.

# Des questions pour aller plus loin

## Découvrir la mise en place d'un récit fantastique

### Un cadre réaliste

❶ Dans quelle région se situe le début de cette nouvelle ? Relevez les indications géographiques mentionnées dans le premier paragraphe et cherchez si elles correspondent à des lieux réels.

❷ Citez, dans les paroles du guide, une phrase qui permet de dater l'époque à laquelle se déroule ce récit.

❸ En vous appuyant sur des citations du texte, indiquez le statut social, l'âge et les centres d'intérêts de M. de Peyrehorade. Quelles sont les principales caractéristiques physiques et morales du personnage ?

❹ Combien de verbes d'action relevez-vous dans la phrase : « il parlait, mangeait, se levait... » (p. 57, l. 108) ? Précisez comment se nomme ce procédé d'écriture et dites quel est l'effet produit par cette succession de verbes.

❺ Qu'est-ce qui, dans l'attitude et les propos des personnages, montre qu'ils se comportent en provinciaux éprouvant un sentiment d'infériorité vis-à-vis de leur hôte parisien ?

❻ Relevez quelques détails de « couleur locale » typiques de la région où se passe le récit.

### Un narrateur critique et rationnel

❼ Le narrateur se présente-t-il ou non comme le témoin des faits racontés ? Répondez à la question en vous appuyant sur le texte.

❽ Quelle est la profession du narrateur et de l'auteur (voir l'interview imaginaire, p. 134). En quoi la ressemblance constatée renforce-t-elle l'impression de réalité donnée par le récit ?

❾ Pour montrer que le narrateur intervient dans le récit en jugeant les personnages et les lieux, relevez les termes péjoratifs ou mélioratifs concernant M. de Peyrehorade, sa femme, leur fils, le Canigou.
❿ Les paroles du guide concernant la statue vous semblent-elles impressionner le narrateur ? Relevez les corrections que ce dernier apporte aux propos de son interlocuteur.
⓫ Quelle explication rationnelle l'archéologue donne-t-il au rebond de la pierre lancée par les jeunes gens contre la statue ? A-t-il cependant les moyens d'en être complètement sûr ?

## Une inquiétante découverte

⓬ Précisez ce qui, dans l'apparence de la statue, provoque la crainte du guide.
⓭ Quels éléments montrent qu'il la considère davantage comme un être vivant que comme un objet ?
⓮ Pourquoi les deux jeunes gens jettent-ils une pierre à la statue ? Quelle explication donnent-ils au retour de cette pierre ?
⓯ Montrez que Mme de Peyrehorade partage les superstitions répandues dans la région au sujet de la statue. Comment imagine-t-elle mettre fin à son influence maléfique ?
⓰ Citez deux expressions caractérisant Alphonse qui, de façon étrange, évoquent une statue romaine.

*Rappelez-vous !*
*La Vénus d'Ille* débute comme un récit réaliste, dont le narrateur, un archéologue parisien, assure la crédibilité. Il est ancré dans une époque et des lieux précis et les personnages s'inscrivent dans la réalité quotidienne d'une petite ville de province. Dans ce contexte, les premiers faits étranges liés à la découverte d'une statue reçoivent une explication rationnelle, fournie par des personnages raisonnables et cultivés.

# De la lecture à l'écriture

## Des mots pour mieux écrire

❶ ***Complétez chacune de ces phrases en employant le mot approprié de la liste suivante :*** piédestal, outrage, haie, apostropher, vandales.

**a.** En détruisant le mobilier urbain, ces voyous se sont comportés en vandales

**b.** Il est très impoli d'apostropher les gens dans la rue.

**c.** Il voue à cette personne une admiration sans borne : il la met sur un véritable piédestal.

**d.** Il a été puni pour outrage envers un agent de la force publique.

**e.** Mon jardin est séparé de celui de mes voisins par une haie vive.

❷ ***Employez chacun des adjectifs suivants dans une phrase de votre choix qui mettra son sens en évidence :*** jovial, goguenard, illustre, hâlé, blasé.

## À vous d'écrire

❶ Un objet dont vous venez de faire l'acquisition commence à exercer une influence étrange sur votre environnement. Faites le récit des événements troublants que vous pouvez lui attribuer.

**Consigne.** Vous exprimerez vos incertitudes sur le pouvoir réel de cet objet en utilisant diverses expressions du doute.

❷ Le garnement qui a lancé la pierre sur la statue raconte l'anecdote à un camarade.

**Consigne.** La scène sera racontée à la première personne, selon le point de vue du jeune garçon qui fera part de ses sentiments d'hostilité et de crainte envers la statue.

# Du texte à l'image

➡ *La Vénus de Milo* (détail).
(Image reproduite en couverture.)

## Lire l'image

❶ Recherchez des informations sur la statue de la Vénus représentée en couverture : époque de sa réalisation, matériau utilisé, lieu de sa découverte, endroit où elle se trouve actuellement.
❷ Décrivez les traits du visage de cette statue, sa coiffure, l'inclinaison de sa tête, la direction de son regard.

## Comparer le texte et l'image

❸ Retrouvez le passage de la nouvelle qui pourrait être plus particulièrement illustré par cette photographie.
❹ Citez des éléments de ressemblance entre la Vénus de Milo et la Vénus d'Ille. Retrouve-t-on la même expression de cruauté chez les deux statues ?
❺ Choisissez une phrase de la description de la Vénus d'Ille qui pourrait servir de légende à la photographie de la Vénus de Milo.

## À vous de créer

❻ À la manière de Mérimée, décrivez une statue de divinité gréco-latine à partir d'une reproduction que vous pourrez trouver dans un livre d'histoire ou un livre d'art de votre C.D.I.
❼ Recherchez d'autres représentations de Vénus dans la statuaire antique et dans la peinture puis constituez un dossier, riche en photographies, que vous présenterez en classe devant vos camarades.

[Suite de la page 63]

Il était grand jour quand je me réveillai. Auprès de mon lit étaient, d'un côté, M. de Peyrehorade, en robe de chambre ; de l'autre un domestique envoyé par sa femme une tasse de chocolat à la main.

« Allons, debout, Parisien ! Voilà bien mes paresseux de la capitale ! disait mon hôte pendant que je m'habillais à la hâte. Il est huit heures, et encore au lit ! je suis levé, moi, depuis six heures. Voilà trois fois que je monte, je me suis approché de votre porte sur la pointe du pied : personne, nul signe de vie. Cela vous fera mal de trop dormir à votre âge. Et ma Vénus que vous n'avez pas encore vue. Allons, prenez-moi vite cette tasse de chocolat de Barcelone... Vraie contrebande [1]. Du chocolat comme on n'en a pas à Paris. Prenez des forces, car, lorsque vous serez devant ma Vénus, on ne pourra plus vous en arracher. »

En cinq minutes je fus prêt, c'est-à-dire à moitié rasé, mal boutonné, et brûlé par le chocolat que j'avalai bouillant. Je descendis dans le jardin, et me trouvai devant une admirable statue.

C'était bien une Vénus, et d'une merveilleuse beauté. Elle avait le haut du corps nu, comme les anciens représentaient d'ordinaire les grandes divinités ; la main droite, levée à la hauteur du sein, était tournée, la paume en dedans, le pouce et les deux premiers doigts étendus, les deux autres légèrement ployés. L'autre main,

1. **Contrebande** : achat effectué sans payer de droits de douane.

rapprochée de la hanche, soutenait la draperie qui couvrait la partie inférieure du corps. L'attitude de cette statue rappelait celle du *Joueur de mourre*[1] qu'on désigne, je ne sais trop pourquoi, sous le nom de *Germanicus*[2]. Peut-être avait-on voulu représenter la déesse au jeu de mourre.

Quoi qu'il en soit, il est impossible de voir quelque chose de plus parfait que le corps de cette Vénus; rien de plus suave[3], de plus voluptueux[4] que ses contours; rien de plus élégant et de plus noble que sa draperie. Je m'attendais à quelque ouvrage du Bas-Empire[5]; je voyais un chef-d'œuvre du meilleur temps de la statuaire[6]. Ce qui me frappait surtout, c'était l'exquise vérité des formes, en sorte qu'on aurait pu les croire moulées sur nature, si la nature produisait d'aussi parfaits modèles.

La chevelure, relevée sur le front, paraissait avoir été dorée autrefois. La tête, petite comme celle de presque toutes les statues grecques, était légèrement inclinée en avant. Quant à la figure, jamais je ne parviendrai à exprimer son caractère étrange, et dont le type ne se rapprochait de celui d'aucune statue antique dont il me souvienne. Ce n'était point cette beauté calme et sévère des sculpteurs grecs, qui, par système, donnaient à tous les traits une majestueuse immobilité. Ici, au contraire, j'observais avec surprise l'intention marquée de l'artiste de rendre la malice[7] arrivant jusqu'à la méchanceté. Tous les traits étaient contractés légèrement: les yeux un peu obliques, la bouche relevée des coins, les narines quelque peu gonflées. Dédain[8], ironie, cruauté, se

1. **Mourre**: le *Joueur de mourre* est une statue conservée au Louvre. Le jeu de mourre est un jeu italien consistant à deviner le nombre de doigts levés très rapidement par l'adversaire.
2. **Germanicus**: grand général romain qui vécut entre 15 avant notre ère et 19 après notre ère.
3. **Suave**: doux, agréable.
4. **Voluptueux**: sensuel.
5. **Bas-Empire**: période finale de l'empire romain (IIe-Ve siècles après notre ère).
6. **Statuaire**: art de représenter la figure humaine ou animale en trois dimensions.
7. **Malice**: ici, inclination à faire le mal.
8. **Dédain**: mépris.

lisaient sur ce visage d'une incroyable beauté cependant. En vérité, plus on regardait cette admirable statue, et plus on éprouvait le sentiment pénible qu'une si merveilleuse beauté pût s'allier à l'absence de toute sensibilité.

« Si le modèle a jamais existé, dis-je à M. de Peyrehorade, et je doute que le Ciel ait jamais produit une telle femme, que je plains ses amants ! Elle a dû se complaire à les faire mourir de désespoir. Il y a dans son expression quelque chose de féroce, et pourtant je n'ai jamais vu rien de si beau.

– *C'est Vénus tout entière à sa proie attachée*[1] ! » s'écria M. de Peyrehorade, satisfait de mon enthousiasme.

Cette expression d'ironie infernale était augmentée peut-être par le contraste de ses yeux incrustés d'argent et très brillants avec la patine[2] d'un vert noirâtre que le temps avait donnée à toute la statue. Ces yeux brillants produisaient une certaine illusion qui rappelait la réalité, la vie. Je me souvins de ce que m'avait dit mon guide, qu'elle faisait baisser les yeux à ceux qui la regardaient. Cela était presque vrai, et je ne pus me défendre d'un mouvement de colère contre moi-même en me sentant un peu mal à mon aise devant cette figure de bronze.

« Maintenant que vous avez tout admiré en détail, mon cher collègue en antiquaillerie[3], dit mon hôte, ouvrons, s'il vous plaît, une conférence scientifique. Que dites-vous de cette inscription, à laquelle vous n'avez point pris garde encore ? »

Il me montrait le socle de la statue, et j'y lus ces mots :

CAVE AMANTEM

« *Quid dicis, doctissime*[4] ? me demanda-t-il en se frottant les mains. Voyons si nous nous rencontrerons sur le sens de ce *cave amantem* !

---

1. **C'est Vénus tout entière à sa proie attachée** : citation du vers 306 (acte I, scène 3) de *Phèdre* (1677) de Jean Racine, exprimant la fatalité de l'amour.
2. **Patine** : teinte prise par le bronze ou le cuivre sous l'effet du temps.
3. **Antiquaillerie** : terme péjoratif formé sur « antiquité », qui désigne un objet ancien mais sans valeur.
4. ***Quid dicis, doctissime*** : expression latine signifiant « qu'en dis-tu, homme très savant ? »

– Mais, répondis-je, il y a deux sens. On peut traduire : "Prends garde à celui qui t'aime, défie-toi des amants." Mais, dans ce sens, je ne sais si cave *amantem* serait d'une bonne latinité [1]. En voyant l'expression diabolique de la dame, je croirais plutôt que l'artiste a voulu mettre en garde le spectateur contre cette terrible beauté. Je traduirais donc : "Prends garde à toi si elle t'aime."

– Humph ! dit M. de Peyrehorade, oui, c'est un sens admissible ; mais, ne vous en déplaise, je préfère la première traduction, que je développerai pourtant. Vous connaissez l'amant de Vénus ?

– Il y en a plusieurs.

– Oui ; mais le premier c'est Vulcain [2]. N'a-t-on pas voulu dire : "Malgré toute ta beauté, ton air dédaigneux, tu auras un forgeron, un vilain boiteux pour amant" ? Leçon profonde, monsieur, pour les coquettes ! »

Je ne pus m'empêcher de sourire, tant l'explication me parut tirée par les cheveux.

« C'est une terrible langue que le latin avec sa concision [3] », observai-je pour éviter de contredire formellement mon antiquaire, et je reculai de quelques pas afin de mieux contempler la statue.

« Un instant, collègue ! dit M. de Peyrehorade en m'arrêtant par le bras, vous n'avez pas tout vu. Il y a encore une autre inscription. Montez sur le socle et regardez au bras droit. » En parlant ainsi, il m'aidait à monter.

Je m'accrochai sans trop de façon au cou de la Vénus, avec laquelle je commençais à me familiariser. Je la regardai même un instant *sous le nez*, et la trouvai de près encore plus méchante et encore plus belle. Puis je reconnus qu'il y avait, gravés sur le bras, quelques caractères d'écriture cursive [4] antique, à ce qu'il

1. **Bonne latinité** : manière correcte d'écrire le latin.
2. **Vulcain** : dieu romain du feu et des forgerons, mari de Vénus.
3. **Concision** : qualité consistant à exprimer beaucoup de choses en peu de mots.
4. **Écriture cursive** : écriture tracée à main courante.

me sembla. À grand renfort de besicles[1] j'épelai ce qui suit, et cependant M. de Peyrehorade répétait chaque mot à mesure que je le prononçais, approuvant du geste et de la voix. Je lus donc :

VENERI TVRBVL[2]...
EVTYCHES MYRO
IMPERIO FECIT.

Après ce mot TVRBVL de la première ligne, il me sembla qu'il y avait quelques lettres effacées ; mais TVRBVL était parfaitement lisible.

« Ce qui veut dire ?... me demanda mon hôte, radieux et souriant avec malice, car il pensait bien que je ne me tirerais pas facilement de ce TVRBVL.

– Il y a un mot que je ne m'explique pas encore, lui dis-je ; tout le reste est facile. “Eutychès[3] a fait cette offrande à Vénus par son ordre.”

– À merveille. Mais TVRBVL, qu'en faites-vous ? Qu'est-ce que TVRBVL ?

– TVRBVL m'embarrasse fort. Je cherche en vain quelque épithète connue de Vénus qui puisse m'aider. Voyons, que diriez-vous de TVRBVLENTA ? Vénus qui trouble, qui agite... Vous vous apercevez que je suis toujours préoccupé de son expression méchante. TVRBVLENTA, ce n'est point une trop mauvaise épithète pour Vénus, ajoutai-je d'un ton modeste, car je n'étais pas moi-même fort satisfait de mon explication.

– Vénus turbulente ! Vénus la tapageuse ! Ah ! vous croyez donc que ma Vénus est une Vénus de cabaret ? Point du tout, monsieur ; c'est une Vénus de bonne compagnie. Mais je vais vous expliquer ce TVRBVL... Au moins vous me promettez de ne point

---

1. **Besicles** : lunettes anciennes.
2. **Turbul** : dans les inscriptions latines, les lettres U et V ne sont pas distinguées ; il s'agit ici de deux U.
3. **Eutychès** : prénom grec signifiant « qui a bonne fortune », « prospère ».

divulguer[1] ma découverte avant l'impression de mon mémoire. C'est que, voyez-vous, je m'en fais gloire, de cette trouvaille-là… Il faut bien que vous nous laissiez quelques épis à glaner, à nous autres pauvres diables de provinciaux. Vous êtes si riches, messieurs les savants de Paris ! »

Du haut du piédestal, où j'étais toujours perché, je lui promis solennellement que je n'aurais jamais l'indignité de lui voler sa découverte.

« TVRBVL…, monsieur, dit-il en se rapprochant et baissant la voix de peur qu'un autre que moi ne pût l'entendre, lisez TVRBVLNERA.

– Je ne comprends pas davantage.

– Écoutez bien. À une lieue d'ici, au pied de la montagne, il y a un village qui s'appelle Boulternère. C'est une corruption[2] du mot latin TVRBVLNERA. Rien de plus commun que ces inversions. Boulternère, monsieur, a été une ville romaine. Je m'en étais toujours douté, mais jamais je n'en avais eu la preuve. La preuve, la voilà. Cette Vénus était la divinité topique[3] de la cité de Boulternère, et ce mot de Boulternère, que je viens de démontrer d'origine antique, prouve une chose bien plus curieuse, c'est que Boulternère, avant d'être une ville romaine, a été une ville phénicienne ! »

Il s'arrêta un moment pour respirer et jouir de ma surprise. Je parvins à réprimer une forte envie de rire.

« En effet, poursuivit-il, TVRBVLNERA est pur phénicien, TVR, prononcez TOUR… TOUR et SOUR, même mot, n'est-ce pas ? SOUR est le nom phénicien de Tyr ; je n'ai pas besoin de vous en rappeler le sens. BVL c'est Baal[4], Bâl, Bel, Bul, légères différences de prononciation. Quant à NERA, cela me donne un peu de peine. Je suis tenté de croire, faute de trouver un mot phénicien,

1. **Divulguer** : faire connaître au grand public.
2. **Corruption** : ici, déformation, altération.
3. **Topique** : locale.
4. **Baal** : dieu phénicien cruel.

que cela vient du grec νηρός [1], humide, marécageux. Ce serait donc un mot hybride [2]. Pour justifier νηρός, je vous montrerai à Boulternère comment les ruisseaux de la montagne y forment des mares infectes. D'autre part, la terminaison NERA aurait pu être ajoutée beaucoup plus tard en l'honneur de Nera Pivesuvia, femme de Tetricus [3], laquelle aurait fait quelque bien à la cité de Turbul. Mais, à cause des mares, je préfère l'étymologie de νηρός ».

Il prit une prise de tabac d'un air satisfait.

« Mais laissons les Phéniciens, et revenons à l'inscription. Je traduis donc : "À Vénus de Boulternère Myron dédie par son ordre cette statue, son ouvrage". »

Je me gardai bien de critiquer son étymologie, mais je voulus à mon tour faire preuve de pénétration [4], et je lui dis : « Halte-là, monsieur. Myron a consacré quelque chose, mais je ne vois nullement que ce soit cette statue.

– Comment ! s'écria-t-il, Myron n'était-il pas un fameux sculpteur grec ? Le talent se sera perpétué dans sa famille : c'est un de ses descendants qui aura fait cette statue. Il n'y a rien de plus sûr.

– Mais, répliquai-je, je vois sur le bras un petit trou. Je pense qu'il a servi à fixer quelque chose, un bracelet, par exemple, que ce Myron donna à Vénus en offrande expiatoire [5]. Myron était un amant malheureux. Vénus était irritée contre lui : il l'apaisa en lui consacrant un bracelet d'or. Remarquez que *fecit* [6] se prend fort souvent pour *consecravit* [7]. Ce sont termes synonymes. Je vous en montrerais plus d'un exemple si j'avais sous la main Gruter ou

1. **Prononcer « nèros ».**
2. **Hybride** : ici, issu des deux langues.
3. **Tetricus** : l'un des Trente Tyrans, sénateur et gouverneur de l'Aquitaine au IIIe siècle.
4. **Pénétration** : intelligence, clairvoyance.
5. **Expiatoire** : destiné à réparer une faute, à apaiser la colère divine.
6. ***Fecit*** : « a fait » en latin.
7. ***Consecravit*** : « a consacré » en latin.

bien Orelli[1]. Il est naturel qu'un amoureux voie Vénus en rêve, qu'il s'imagine qu'elle lui commande de donner un bracelet d'or à sa statue. Myron lui consacra un bracelet… Puis les Barbares ou bien quelque voleur sacrilège[2]…

– Ah ! qu'on voit bien que vous avez fait des romans ! s'écria mon hôte en me donnant la main pour descendre. Non, monsieur, c'est un ouvrage de l'école de Myron. Regardez seulement le travail, et vous en conviendrez. »

M'étant fait une loi de ne jamais contredire à outrance[3] les antiquaires entêtés, je baissai la tête d'un air convaincu en disant :

« C'est un admirable morceau.

– Ah ! mon Dieu, s'écria M. de Peyrehorade, encore un trait de vandalisme ! On aura jeté une pierre à ma statue ! »

Il venait d'apercevoir une marque blanche un peu au-dessus du sein de la Vénus. Je remarquai une trace semblable sur les doigts de la main droite, qui, je le supposai alors, avaient été touchés dans le trajet de la pierre, ou bien un fragment s'en était détaché par le choc et avait ricoché sur la main. Je contai à mon hôte l'insulte dont j'avais été témoin et la prompte punition qui s'en était suivie. Il en rit beaucoup, et, comparant l'apprenti à Diomède[4], il lui souhaita de voir, comme le héros grec, tous ses compagnons changés en oiseaux blancs.

La cloche du déjeuner interrompit cet entretien classique, et, de même que la veille, je fus obligé de manger comme quatre. Puis vinrent des fermiers de M. de Peyrehorade ; et, pendant qu'il leur donnait audience, son fils me mena voir une calèche qu'il avait achetée à Toulouse pour sa fiancée, et que j'admirai, cela va sans dire. Ensuite j'entrai avec lui dans l'écurie, où il me tint

**1. Jean Gruter (1560-1627) et Johann Caspar von Orelli (1787-1849)** : philologues (spécialistes des langues et des inscriptions anciennes).

**2. Sacrilège** : qui porte atteinte à ce qui est sacré.

**3. À outrance** : avec excès.

**4. Diomède** : héros de la mythologie grecque puni par Aphrodite pour l'avoir blessée.

une demi-heure à me vanter ses chevaux, à me faire leur généalogie [1], à me conter les prix qu'ils avaient gagnés aux courses du département. Enfin, il en vint à me parler de sa future, par la transition d'une jument grise qu'il lui destinait.

« Nous la verrons aujourd'hui, dit-il. Je ne sais si vous la trouverez jolie. Vous êtes difficiles, à Paris ; mais tout le monde, ici et à Perpignan, la trouve charmante. Le bon, c'est qu'elle est fort riche. Sa tante de Prades [2] lui a laissé son bien. Oh ! je vais être fort heureux. »

Je fus profondément choqué de voir un jeune homme paraître plus touché de la dot que des beaux yeux de sa future.

« Vous vous connaissez en bijoux, poursuivit M. Alphonse, comment trouvez-vous ceci ? Voici l'anneau que je lui donnerai demain. »

En parlant ainsi, il tirait de la première phalange de son petit doigt une grosse bague enrichie de diamants, et formée de deux mains entrelacées ; allusion qui me parut infiniment poétique. Le travail en était ancien, mais je jugeai qu'on l'avait retouchée pour enchâsser [3] les diamants. Dans l'intérieur de la bague se lisaient ces mots en lettres gothiques [4] : *Sempr'ab ti*, c'est-à-dire toujours avec toi.

« C'est une jolie bague, lui dis-je ; mais ces diamants ajoutés lui ont fait perdre un peu de son caractère.

– Oh ! elle est bien plus belle comme cela, répondit-il en souriant. Il y a là pour douze cents francs de diamants. C'est ma mère qui me l'a donnée. C'était une bague de famille très ancienne… du temps de la chevalerie. Elle avait servi à ma grand-mère, qui la tenait de la sienne. Dieu sait quand cela a été fait.

– L'usage à Paris, lui dis-je, est de donner un anneau tout simple,

1. **Généalogie** : suite d'ancêtres établissant une filiation.
2. **Prades** : ville des Pyrénées-Orientales, située au pied du Canigou.
3. **Enchâsser** : incruster.
4. **Lettres gothiques** : lettres à caractères droits, à angles et à crochets, qui remplaça aux alentours du XIIe siècle l'écriture romane.

ordinairement composé de deux métaux différents, comme de l'or et du platine [1]. Tenez, cette autre bague, que vous avez à ce doigt, serait fort convenable. Celle-ci, avec ses diamants et ses mains en relief, est si grosse, qu'on ne pourrait mettre un gant par-dessus.

– Oh ! Mme Alphonse s'arrangera comme elle voudra. Je crois qu'elle sera toujours bien contente de l'avoir. Douze cents francs au doigt, c'est agréable. Cette petite bague-là, ajouta-t-il en regardant d'un air de satisfaction l'anneau tout uni qu'il portait à la main, celle-là, c'est une femme à Paris qui me l'a donnée un jour de Mardi gras. Ah ! comme je m'en suis donné [2] quand j'étais à Paris, il y a deux ans ! C'est là qu'on s'amuse ! » Et il soupira de regret.

Nous devions dîner ce jour-là à Puygarrig, chez les parents de la future ; nous montâmes en calèche, et nous nous rendîmes au château, éloigné d'Ille d'environ une lieue et demie. Je fus présenté et accueilli comme l'ami de la famille. Je ne parlerai pas du dîner ni de la conversation qui s'ensuivit, et à laquelle je pris peu de part. M. Alphonse, placé à côté de sa future, lui disait un mot à l'oreille tous les quarts d'heure. Pour elle, elle ne levait guère les yeux, et chaque fois que son prétendu [3] lui parlait, elle rougissait avec modestie, mais lui répondait sans embarras.

Mlle de Puygarrig avait dix-huit ans ; sa taille souple et délicate contrastait avec les formes osseuses de son robuste fiancé. Elle était non seulement belle, mais séduisante. J'admirais le naturel parfait de toutes ses réponses ; et son air de bonté, qui pourtant n'était pas exempt [4] d'une légère teinte de malice, me rappela, malgré moi, la Vénus de mon hôte. Dans cette comparaison que je fis en moi-même, je me demandais si la supériorité de beauté qu'il fallait bien accorder à la statue ne tenait pas, en grande

1. **Platine** : métal précieux.
2. **Je m'en suis donné** : je me suis amusé, j'ai passé du bon temps.
3. **Prétendu** : fiancé.
4. **Exempt** : dépourvu, dénué.

partie, à son expression de tigresse ; car l'énergie, même dans les mauvaises passions, excite toujours en nous un étonnement et une espèce d'admiration involontaire.

« Quel dommage, me dis-je en quittant Puygarrig, qu'une si aimable personne soit riche, et que sa dot[1] la fasse rechercher par un homme indigne d'elle ! »

En revenant à Ille, et ne sachant trop que dire à Mme de Peyrehorade, à qui je croyais convenable d'adresser quelquefois la parole :

« Vous êtes bien esprits forts[2] en Roussillon ! m'écriai-je ; comment, madame, vous faites un mariage un vendredi[3] ! À Paris, nous aurions plus de superstition ; personne n'oserait prendre femme un tel jour.

– Mon Dieu ! ne m'en parlez pas, me dit-elle, si cela n'avait dépendu que de moi, certes on eût choisi un autre jour. Mais Peyrehorade l'a voulu, et il a fallu lui céder. Cela me fait de la peine pourtant. S'il arrivait quelque malheur ? Il faut bien qu'il y ait une raison car enfin pourquoi tout le monde a-t-il peur du vendredi ?

– Vendredi ! s'écria son mari, c'est le jour de Vénus ! Bon jour pour un mariage ! Vous le voyez, mon cher collègue, je ne pense qu'à ma Vénus. D'honneur[4] ! c'est à cause d'elle que j'ai choisi le vendredi. Demain, si vous voulez, avant la noce, nous lui ferons un petit sacrifice, nous sacrifierons deux palombes[5], et, si je savais où trouver de l'encens…

– Fi donc, Peyrehorade ! interrompit sa femme scandalisée au dernier point. Encenser[6] une idole ! Ce serait une abomination ! Que dirait-on de nous dans le pays ?

– Au moins, dit M. de Peyrehorade, tu me permettras de lui

1. **Dot** : argent apporté par la femme lors de son mariage.
2. **Esprits forts** : personnes rejetant toute superstition.
3. **Vendredi** : jour de la mort du Christ et jour de Vénus (en latin : *Veneris die*).
4. **D'honneur** : ma parole d'honneur.
5. **Palombes** : pigeons ramiers. La colombe est l'oiseau consacré à Vénus.
6. **Encenser** : honorer en brûlant de l'encens.

mettre sur la tête une couronne de roses et de lis : *Manibus date lilia plenis*[1]. Vous le voyez, monsieur, la Charte[2] est un vain mot. Nous n'avons pas la liberté des cultes[3] ! »

Les arrangements du lendemain furent réglés de la manière suivante. Tout le monde devait être prêt et en toilette à dix heures précises. Le chocolat pris, on se rendrait en voiture à Puygarrig. Le mariage civil devait se faire à la mairie du village, et la cérémonie religieuse dans la chapelle du château. Viendrait ensuite un déjeuner. Après le déjeuner on passerait le temps comme l'on pourrait jusqu'à sept heures. À sept heures, on retournerait à Ille, chez M. de Peyrehorade, où devaient souper les deux familles réunies. Le reste s'ensuit naturellement. Ne pouvant danser, on avait voulu manger le plus possible.

Dès huit heures, j'étais assis devant la Vénus, un crayon à la main, recommençant pour la vingtième fois la tête de la statue, sans pouvoir parvenir à en saisir l'expression. M. de Peyrehorade allait et venait autour de moi, me donnait des conseils, me répétait ses étymologies phéniciennes ; puis disposait des roses du Bengale sur le piédestal de la statue, et d'un ton tragicomique lui adressait des vœux pour le couple qui allait vivre sous son toit. Vers neuf heures il rentra pour songer à sa toilette, et en même temps parut M. Alphonse, bien serré dans un habit neuf, en gants blancs, souliers vernis, boutons ciselés, une rose à la boutonnière.

« Vous ferez le portrait de ma femme ? me dit-il en se penchant sur mon dessin. Elle est jolie aussi. »

En ce moment commençait, sur le jeu de paume dont j'ai parlé, une partie qui, sur-le-champ, attira l'attention de M. Alphonse. Et moi, fatigué, et désespérant de rendre cette diabolique figure, je

---

1. ***Manibus date lilia plenis*** : en latin, « donnez des lis à pleines mains » (Virgile, *Énéide*, VI, 883).
2. **La Charte** : constitution octroyée en 1814 par Louis XVIII pour garantir la liberté de culte.
3. **Liberté des cultes** : liberté pour tout un chacun de pratiquer sa religion.

quittai bientôt mon dessin pour regarder les joueurs. Il y avait parmi eux quelques muletiers espagnols arrivés de la veille. C'étaient des Aragonais et des Navarrois [1], presque tous d'une adresse merveilleuse. Aussi les Illois, bien qu'encouragés par la présence et les conseils de M. Alphonse, furent-ils assez promptement battus par ces nouveaux champions. Les spectateurs nationaux étaient consternés. M. Alphonse regarda sa montre. Il n'était encore que neuf heures et demie. Sa mère n'était pas coiffée. Il n'hésita plus : il ôta son habit, demanda une veste, et défia les Espagnols. Je le regardais faire en souriant, et un peu surpris.

« Il faut soutenir l'honneur du pays », dit-il.

Alors je le trouvai vraiment beau. Il était passionné. Sa toilette, qui l'occupait si fort tout à l'heure, n'était plus rien pour lui. Quelques minutes avant, il eût craint de tourner la tête de peur de déranger sa cravate. Maintenant il ne pensait plus à ses cheveux frisés ni à son jabot [2] si bien plissé. Et sa fiancée ?... Ma foi, si cela eût été nécessaire, il aurait, je crois, fait ajourner [3] le mariage. Je le vis chausser à la hâte une paire de sandales, retrousser ses manches, et, d'un air assuré, se mettre à la tête du parti vaincu, comme César ralliant ses soldats à Dyrrachium [4]. Je sautai la haie, et me plaçai commodément à l'ombre d'un micocoulier [5], de façon à bien voir les deux camps.

Contre l'attente générale, M. Alphonse manqua la première balle ; il est vrai qu'elle vint rasant la terre et lancée avec une force surprenante par un Aragonais qui paraissait être le chef des Espagnols.

C'était un homme d'une quarantaine d'années, sec et nerveux,

1. **Aragonais et Navarrois** : habitants respectifs des deux régions espagnoles, l'Aragon et la Navarre.
2. **Jabot** : plissé de dentelles ornant le devant d'une chemise.
3. **Ajourner** : renvoyer à une date ultérieure, reporter.
4. **Dyrrachium** : ville d'Illyrie (Albanie actuelle) dans laquelle César fut battu par Pompée en 48 avant notre ère.
5. **Micocoulier** : sorte d'orme méditerranéen.

haut de six pieds, et sa peau olivâtre[1] avait une teinte presque aussi foncée que le bronze de la Vénus.

M. Alphonse jeta sa raquette à terre avec fureur.

« C'est cette maudite bague, s'écria-t-il, qui me serre le doigt et me fait manquer une balle sûre ! »

Il ôta, non sans peine, sa bague de diamants : je m'approchais pour la recevoir ; mais il me prévint[2], courut à la Vénus, lui passa la bague au doigt annulaire, et reprit son poste à la tête des Illois.

Il était pâle, mais calme et résolu. Dès lors il ne fit plus une seule faute, et les Espagnols furent battus complètement. Ce fut un beau spectacle que l'enthousiasme des spectateurs : les uns poussaient mille cris de joie en jetant leurs bonnets en l'air ; d'autres lui serraient les mains, l'appelant l'honneur du pays. S'il eût repoussé une invasion, je doute qu'il eût reçu des félicitations plus vives et plus sincères. Le chagrin des vaincus ajoutait encore à l'éclat de sa victoire.

« Nous ferons d'autres parties, mon brave, dit-il à l'Aragonais d'un ton de supériorité ; mais je vous rendrai des points[3]. »

J'aurai désiré que M. Alphonse fût plus modeste, et je fus presque peiné de l'humiliation de son rival.

Le géant espagnol ressentit profondément cette insulte. Je le vis pâlir sous sa peau basanée[4]. Il regardait d'un air morne sa raquette en serrant les dents ; puis, d'une voix étouffée, il dit tout bas : « *Me lo pagarás*[5]. »

La voix de M. de Peyrehorade troubla le triomphe de son fils : mon hôte, fort étonné de ne point le trouver présidant aux apprêts de la calèche neuve, le fut bien plus encore en le voyant tout en sueur la raquette à la main. M. Alphonse courut à la

---

**1. Olivâtre** : de la couleur de l'olive, verdâtre.

**2. Il me prévint** : il me devança.

**3. Je vous rendrai des points** : je vous accorderai des points d'avance pour vous avantager.

**4. Basanée** : hâlée, bronzée.

**5. *Me lo pagaras*** : « tu me le paieras » en espagnol.

maison, se lava la figure et les mains, remit son habit neuf et ses souliers vernis, et cinq minutes après nous étions au grand trot sur la route de Puygarrig. Tous les joueurs de paume de la ville et grand nombre de spectateurs nous suivirent avec des cris de joie. À peine les chevaux vigoureux qui nous traînaient pouvaient-ils maintenir leur avance sur ces intrépides Catalans.

Nous étions à Puygarrig, et le cortège allait se mettre en marche pour la mairie, lorsque M. Alphonse, se frappant le front, me dit tout bas :

« Quelle brioche [1] ! J'ai oublié la bague ! Elle est au doigt de la Vénus, que le diable puisse emporter ! Ne le dites pas à ma mère au moins. Peut-être qu'elle ne s'apercevra de rien.

– Vous pourriez envoyer quelqu'un, lui dis-je.

– Bah ! mon domestique est resté à Ille ; ceux-ci, je ne m'y fie guère. Douze cents francs de diamants ! cela pourrait en tenter plus d'un. D'ailleurs que penserait-on ici de ma distraction ? Ils se moqueraient trop de moi. Ils m'appelleraient le mari de la statue… Pourvu qu'on ne me la vole pas ! Heureusement que l'idole fait peur à mes coquins. Ils n'osent l'approcher à longueur de bras. Bah ! ce n'est rien ; j'ai une autre bague. »

Les deux cérémonies civile et religieuse s'accomplirent avec la pompe [2] convenable ; et Mlle de Puygarrig reçut l'anneau d'une modiste [3] de Paris, sans se douter que son fiancé lui faisait le sacrifice d'un gage [4] amoureux. Puis on se mit à table, où l'on but, mangea, chanta même, le tout fort longuement. Je souffrais pour la mariée de la grosse joie qui éclatait autour d'elle : pourtant elle faisait meilleure contenance [5] que je ne l'aurais espéré, et son embarras n'était ni de la gaucherie ni de l'affectation [6].

---

1. **Quelle brioche** : quelle erreur grossière.
2. **Pompe** : faste, grandeur d'une cérémonie.
3. **Modiste** : fabricant de chapeaux de femmes.
4. **Gage** : ici, témoignage.
5. **Contenance** : figure.
6. **Affectation** : manque de naturel, de simplicité.

Peut-être le courage vient-il avec les situations difficiles.

Le déjeuner terminé quand il plut à Dieu, il était quatre heures; les hommes allèrent se promener dans le parc, qui était magnifique, ou regardèrent danser sur la pelouse du château les paysannes de Puygarrig, parées de leurs habits de fête. De la sorte, nous employâmes quelques heures. Cependant les femmes étaient fort empressées autour de la mariée, qui leur faisait admirer sa corbeille [1]. Puis elle changea de toilette, et je remarquai qu'elle couvrit ses beaux cheveux d'un bonnet et d'un chapeau à plumes, car les femmes n'ont rien de plus pressé que de prendre, aussitôt qu'elles le peuvent, les parures que l'usage leur défend de porter quand elles sont encore demoiselles.

Il était près de huit heures quand on se disposa à partir pour Ille. Mais d'abord eut lieu une scène pathétique. La tante de Mlle de Puygarrig, qui lui servait de mère, femme très âgée et fort dévote, ne devait point aller avec nous à la ville. Au départ elle fit à sa nièce un sermon touchant sur ses devoirs d'épouse, duquel sermon résulta un torrent de larmes et des embrassements sans fin. M. de Peyrehorade comparait cette séparation à l'enlèvement des Sabines [2]. Nous partîmes pourtant, et, pendant la route, chacun s'évertua [3] pour distraire la mariée et la faire rire; mais ce fut en vain.

---

1. **Corbeille**: ensemble des cadeaux de mariage (autrefois déposés dans une corbeille).
2. **Enlèvement des Sabines**: enlèvement de jeunes filles par les Romains qui avaient besoin de femmes après la fondation de Rome. Les Sabins occupaient autrefois une partie de l'Italie centrale.
3. **S'évertua**: fit des efforts.

# Arrêt sur lecture 2

## Un quiz pour commencer

***Cochez les bonnes réponses.***

❶ *Quand le narrateur va-t-il contempler la Vénus de près ?*
- ❒ Le soir même de son arrivée.
- ☒ Le lendemain matin.
- ❒ Le lendemain après-midi.

❷ *Comment la Vénus est-elle représentée ?*
- ❒ Totalement nue.
- ❒ Drapée d'un voile qui recouvre tout son corps.
- ☒ À moitié dévêtue.

❸ *Quel est l'un des sens possibles de l'inscription figurant sur le socle de la statue ?*
- ❒ Prends garde à elle si elle t'aime.
- ☒ Prends garde à toi si elle t'aime.
- ❒ Prends garde à elle si tu l'aimes.

❹ ***Quelles parties du corps de la statue portent une marque blanche ?***

☒ Le sein et les doigts de la main droite.
❒ La main droite et la tête.
❒ La main et le bras gauches.

❺ ***Quel est le plus grand motif de satisfaction de M. Alphonse concernant son mariage ?***

❒ Les beaux yeux de sa fiancée.
☒ L'importance de sa dot.
❒ La bonne réputation de sa future épouse.

❻ ***Quel jour la partie de jeu de paume a-t-elle lieu ?***

☒ Le jour du mariage.
❒ La veille du mariage.
❒ L'avant-veille du mariage.

❼ ***Où le narrateur se trouve-t-il pendant la partie ?***

❒ À la fenêtre de sa chambre.
❒ Loin du terrain de jeu.
☒ En bordure du terrain.

❽ ***Pourquoi M. Alphonse intervient-il pendant la partie ?***

❒ Pour en tirer une gloire personnelle.
☒ Pour soutenir l'honneur de la région.
❒ Parce que les participants l'y ont invité.

❾ ***À quel moment M. Alphonse gagne-t-il la partie ?***

❒ Dès son engagement dans le jeu.
☒ Après avoir mis la bague au doigt de la statue.
❒ Après avoir reçu les encouragements des Illois.

❿ ***Que fait-il en constatant l'oubli de la bague destinée à la mariée ?***

❒ Il va la récupérer immédiatement.
❒ Il envoie un domestique la récupérer.
☒ Il préfère offrir une autre bague.

# Des questions pour aller plus loin

## Étudier l'invasion progressive du surnaturel et du doute

### Une déesse aux deux visages

❶ Combien de paragraphes du texte sont-ils consacrés à la description de la statue (p. 70-72) ? Précisez l'ordre suivi par cette description.

❷ Montrez que la statue est décrite selon le point de vue du narrateur en relevant les verbes de perception qui le prouvent.

❸ Relevez les expressions mélioratives, notamment les adjectifs au superlatif, qui caractérisent le corps de la Vénus. S'agit-il d'une description objective ou d'une description subjective ?

❹ Dans l'évocation du visage de la statue, relevez tous les termes appartenant au champ lexical de la méchanceté. Citez la phrase qui souligne le double aspect de la statue.

❺ Montrez que la statue semble en même temps douée de vie. Pourquoi le narrateur ressent-il un mouvement de colère contre lui-même (p. 72, l. 349-351.)

### Avertissements et transgressions

❻ Quelles sont les deux traductions possibles de l'inscription « Cave amantem » inscrite sur le socle de la statue ? Laquelle présente la Vénus sous un aspect menaçant ?

❼ Quel jour M. de Peyrehorade a-t-il choisi pour le mariage de son fils ? Précisez le point de vue du narrateur et celui de Mme de Peyrehorade concernant ce choix.

❽ Quelle autre cérémonie M. de Peyrehorade veut-il célébrer? Pourquoi ce comportement est-il considéré par sa femme comme un sacrilège?

❾ Cherchez les différents sens des mots «sacrifice» et «encenser» et employez chacun d'eux dans une phrase qui en précisera le sens.

❿ En quoi peut-on dire que M. Alphonse porte peu d'intérêt à sa fiancée et à son mariage et qu'il se comporte de façon inhabituelle pour un futur époux?

⓫ Pour quelle raison M. Alphonse passe-t-il sa bague au doigt de la statue? Quelle signification symbolique ce geste peut-il avoir?

⓬ Relevez, dans le passage, les phrases prononcées par Mme de Peyrehorade et par l'Aragonais qui peuvent être interprétées comme des avertissements lourds de menaces.

## Des faits à double sens

⓭ Quelles sont les deux hypothèses envisagées par le narrateur pour expliquer l'existence des deux marques blanches sur le sein et la main de la statue? Quelle hypothèse surnaturelle est cependant envisageable?

⓮ Pour quelle raison le narrateur éprouve-t-il des difficultés à dessiner le visage de la Vénus? Montrez que ce fait peut recevoir deux interprétations, l'une réaliste, l'autre relevant du fantastique.

⓯ Quelles explications, l'une naturelle, l'autre surnaturelle, peut-on donner au fait que M. Alphonse se met à gagner après avoir passé sa bague au doigt de la Vénus? Citez l'indication temporelle qui pourrait laisser imaginer aussi un lien de causalité entre ces deux événements.

⓰ Précisez les ressemblances et les différences notées par le narrateur entre Mlle de Puygarrig et la statue. Pourquoi cette dernière exerce-t-elle un plus grand attrait sur le narrateur?

⓱ Relevez la phrase par laquelle M. Alphonse lui-même établit une comparaison entre sa femme et la Vénus, suggérant une possible rivalité entre elles.

⓲ Relevez une comparaison qui établit un rapprochement entre un personnage masculin et la statue. Indiquez le comparé, le comparant et le motif de cette comparaison.

⓳ Montrez que la Vénus prend une place de plus en plus importante dans le récit et qu'elle n'est plus considérée comme un objet mais comme un personnage.

*Rappelez-vous !*
Après un début de récit à dominante réaliste, les faits troublants se multiplient, centrés sur une statue qui semble s'animer. Le narrateur demeure sceptique et privilégie les interprétations rationnelles mais le doute s'installe. Des avertissements sont lancés aux personnages qui opèrent des transgressions lourdes de menaces

# De la lecture à l'écriture

## *Des mots pour mieux écrire*

❶ ***Complétez chacune de ces phrases en employant le mot approprié de la liste suivante :*** suave, voluptueuse, exquis, dédain, ironie.

**a.** Il ne cesse de se moquer et manifeste son ironie à tout propos.

**b.** Ma grand-mère, qui est une excellente cuisinière, a préparé un gâteau exquis.

**c.** La rose a un parfum léger, délicat et suave.

**d.** Cette personne, très orgueilleuse, considère les autres avec dédain.

**e.** S'allonger sur le sable fin est une sensation très voluptueuse

❷ ***Indiquez le radical de l'adjectif « olivâtre » et précisez son sens. Rechercher ensuite cinq adjectifs de couleur composés avec le même suffixe péjoratif.*** rougeâtre, noirâtre, blanchâtre, jaunâtre, verdâtre.

# À vous d'écrire

❶ Imaginez le monologue intérieur de la statue au moment où elle est examinée par les deux archéologues.
**Consigne.** Vous ferez part de ses sentiments, de ses pensées et de son avis sur le sens à donner aux inscriptions.

❷ En vous inspirant de la description de la statue, faites le portrait d'une personne d'une grande beauté.
**Consigne.** Vous veillerez à employer des expressions superlatives (hyperboles).

❸ Vous écrivez pour le journal d'Ille le récit de la partie de jeu de paume.
**Consigne.** Vous emploierez le passé composé et vous ferez part des commentaires inspirés par la victoire inattendue des Illois.

[Suite de la page 85]

À Ille, le souper nous attendait, et quel souper ! Si la grosse joie du matin m'avait choqué, je le fus bien davantage des équivoques[1] et des plaisanteries dont le marié et la mariée surtout furent l'objet. Le marié, qui avait disparu un instant avant de se mettre à table, était pâle et d'un sérieux de glace. Il buvait à chaque instant du vieux vin de Collioure[2] presque aussi fort que de l'eau-de-vie. J'étais à côté de lui, et me crus obligé de l'avertir :

« Prenez garde ! on dit que le vin… »

Je ne sais quelle sottise je lui dis pour me mettre à l'unisson des convives.

Il me poussa le genou, et très bas il me dit :

« Quand on se lèvera de table…, que je puisse vous dire deux mots. »

Son ton solennel me surprit. Je le regardai plus attentivement, et je remarquai l'étrange altération[3] de ses traits.

« Vous sentez-vous indisposé[4] ? lui demandai-je.

– Non. »

Et il se remit à boire.

1. **Équivoques** : paroles à double sens.
2. **Collioure** : port des Pyrénées-Orientales.
3. **Altération** : ici, modification, changement.
4. **Indisposé** : incommodé, souffrant.

Cependant, au milieu des cris et des battements de mains, un enfant de onze ans, qui s'était glissé sous la table, montrait aux assistants un joli ruban blanc et rose qu'il venait de détacher de la cheville de la mariée. On appelle cela sa jarretière. Elle fut aussitôt coupée par morceaux et distribuée aux jeunes gens, qui en ornèrent leur boutonnière, suivant un antique usage qui se conserve encore dans quelques familles patriarcales [1]. Ce fut pour la mariée une occasion de rougir jusqu'au blanc des yeux... Mais son trouble fut au comble lorsque M. de Peyrehorade, ayant réclamé le silence, lui chanta quelques vers catalans, impromptu [2], disait-il. En voici le sens, si je l'ai bien compris:

« Qu'est-ce donc, mes amis? le vin que j'ai bu me fait-il voir double? Il y a deux Vénus ici... »

Le marié tourna brusquement la tête d'un air effaré, qui fit rire tout le monde.

« Oui, poursuivit M. de Peyrehorade, il y a deux Vénus sous mon toit. L'une, je l'ai trouvée dans la terre comme une truffe; l'autre, descendue des cieux, vient de nous partager sa ceinture. »

Il voulait dire sa jarretière.

« Mon fils, choisis de la Vénus romaine ou de la catalane celle que tu préfères. Le maraud prend la catalane, et sa part est la meilleure. La romaine est noire, la catalane est blanche. La romaine est froide, la catalane enflamme tout ce qui l'approche. »

Cette chute [3] excita un tel hourra, des applaudissements si bruyants et des rires si sonores, que je crus que le plafond allait nous tomber sur la tête. Autour de la table il n'y avait que trois visages sérieux, ceux des mariés et le mien. J'avais un grand mal de tête: et puis, je ne sais pourquoi, un mariage m'attriste toujours. Celui-là, en outre, me dégoûtait un peu.

Les derniers couplets ayant été chantés par l'adjoint du maire,

---

1. **Familles patriarcales**: familles à l'ancienne, fondées sur la toute-puissance du père.
2. **Impromptu**: au pied levé, à l'improviste, sans préparation.
3. **Chute**: trait d'esprit caractérisant la fin d'une histoire.

et ils étaient fort lestes[1], je dois le dire, on passa dans le salon pour jouir du départ de la mariée, qui devait être bientôt conduite à sa chambre, car il était près de minuit.

M. Alphonse me tira dans l'embrasure[2] d'une fenêtre, et me dit en détournant les yeux :

« Vous allez vous moquer de moi… Mais je ne sais ce que j'ai… je suis ensorcelé ! le diable m'emporte ! »

La première pensée qui me vint fut qu'il se croyait menacé de quelque malheur du genre de ceux dont parlent Montaigne et Mme de Sévigné[3] :

« Tout l'empire amoureux est plein d'histoires tragiques », etc.

Je croyais que ces sortes d'accidents n'arrivaient qu'aux gens d'esprit, me dis-je à moi-même.

« Vous avez trop bu de vin de Collioure, mon cher monsieur Alphonse, lui dis-je. Je vous avais prévenu.

– Oui, peut-être. Mais c'est quelque chose de bien plus terrible. »

Il avait la voix entrecoupée. Je le crus tout à fait ivre.

« Vous savez bien, mon anneau ? poursuivit-il après un silence.

– Eh bien, on l'a pris ?

– Non.

– En ce cas, vous l'avez ?

– Non… je… je ne puis l'ôter du doigt de cette diable de Vénus.

– Bon ! vous n'avez pas tiré assez fort.

– Si fait… Mais la Vénus… elle a serré le doigt. »

---

1. **Lestes** : osés.
2. **Embrasure** : ouverture pratiquée dans l'épaisseur d'un mur pour recevoir une porte ou une fenêtre.
3. **Montaigne dans ses *Essais* (XVIe siècle) et après lui, Mme de Sévigné dans ses *Lettres* (XVIIe siècle)** : tous deux s'attardent sur les nombreux cas d'hommes frappés d'impuissance.

Il me regardait fixement d'un air hagard [1], s'appuyant à l'espagnolette [2] pour ne pas tomber.

« Quel conte ! lui dis-je. Vous avez trop enfoncé l'anneau. Demain vous l'aurez avec des tenailles. Mais prenez garde de gâter [3] la statue.

– Non, vous dis-je. Le doigt de la Vénus est retiré, reployé [4] ; elle serre la main, m'entendez-vous ?... C'est ma femme, apparemment, puisque je lui ai donné mon anneau... Elle ne veut plus le rendre. »

J'éprouvai un frisson subit, et j'eus un instant la chair de poule. Puis, un grand soupir qu'il fit m'envoya une bouffée de vin, et toute émotion disparut.

« Le misérable, pensai-je, est complètement ivre. »

« Vous êtes antiquaire, monsieur, ajouta le marié d'un ton lamentable, vous connaissez ces statues-là... il y a peut-être quelque ressort, quelque diablerie [5], que je ne connais point... Si vous alliez voir ?

– Volontiers, dis-je. Venez avec moi.

– Non, j'aime mieux que vous y alliez seul. »

Je sortis du salon.

Le temps avait changé pendant le souper, et la pluie commençait à tomber avec force. J'allais demander un parapluie, lorsqu'une réflexion m'arrêta. « Je serais un bien grand sot, me dis-je, d'aller vérifier ce que m'a dit un homme ivre ! Peut-être, d'ailleurs, a-t-il voulu me faire quelque méchante plaisanterie pour apprêter à rire [6] à ces honnêtes provinciaux ; et le moins qu'il puisse m'en arriver c'est d'être trempé jusqu'aux os et d'attraper un bon rhume. »

1. **Hagard** : effaré, farouche.
2. **Espagnolette** : poignée tournante permettant d'ouvrir une fenêtre.
3. **Gâter** : ici, abîmer.
4. **Retiré, reployé** : recourbé, replié.
5. **Diablerie** : intrigue, machination mise au point par le diable.
6. **Apprêter à rire** : donner à rire.

De la porte je jetai un coup d'œil sur la statue ruisselante d'eau, et je montai dans ma chambre sans rentrer dans le salon. Je me couchai ; mais le sommeil fut long à venir. Toutes les scènes de la journée se représentaient à mon esprit. Je pensais à cette jeune fille si belle et si pure abandonnée à un ivrogne brutal. « Quelle odieuse chose, me disais-je, qu'un mariage de convenance[1] ! Un maire revêt une écharpe tricolore, un curé une étole, et voilà la plus honnête fille du monde livrée au Minotaure[2] ! Deux êtres qui ne s'aiment pas, que peuvent-ils se dire dans un pareil moment, que deux amants achèteraient au prix de leur existence ? Une femme peut-elle jamais aimer un homme qu'elle aura vu grossier une fois ? Les premières impressions ne s'effacent pas, et, j'en suis sûr, ce M. Alphonse méritera bien d'être haï… »

Durant mon monologue, que j'abrège beaucoup, j'avais entendu force allées et venues[3] dans la maison, les portes s'ouvrir et se fermer, des voitures partir ; puis il me semblait avoir entendu sur l'escalier les pas légers de plusieurs femmes se dirigeant vers l'extrémité du corridor opposée à ma chambre. C'était probablement le cortège de la mariée qu'on menait au lit. Ensuite on avait redescendu l'escalier. La porte de Mme de Peyrehorade s'était fermée. « Que cette pauvre fille, me dis-je, doit être troublée et mal à son aise ! » Je me tournais dans mon lit de mauvaise humeur. Un garçon joue un sot rôle dans une maison où s'accomplit un mariage.

Le silence régnait depuis quelque temps lorsqu'il fut troublé par des pas lourds qui montaient l'escalier. Les marches de bois craquèrent fortement.

« Quel butor[4] ! m'écriai-je. Je parie qu'il va tomber dans l'escalier. »

---

1. **Mariage de convenance** : mariage motivé par l'intérêt plus que par l'amour.
2. **Minotaure** : monstre de la mythologie grecque enfermé dans le Labyrinthe, auquel de jeunes Athéniens étaient livrés en pâture.
3. **Force allées et venues** : beaucoup d'allées et venues.
4. **Butor** : grossier personnage.

Tout redevint tranquille. Je pris un livre pour changer le cours de mes idées. C'était une statistique du département, ornée d'un mémoire de M. de Peyrehorade sur les monuments druidiques[1] de l'arrondissement de Prades. Je m'assoupis à la troisième page.

Je dormis mal et me réveillai plusieurs fois. Il pouvait être cinq heures du matin, et j'étais éveillé depuis plus de vingt minutes, lorsque le coq chanta. Le jour allait se lever. Alors j'entendis distinctement les mêmes pas lourds, le même craquement de l'escalier que j'avais entendus avant de m'endormir. Cela me parut singulier[2]. J'essayai, en bâillant, de deviner pourquoi M. Alphonse se levait si matin. Je n'imaginais rien de vraisemblable. J'allais refermer les yeux lorsque mon attention fut de nouveau excitée par des trépignements étranges auxquels se mêlèrent bientôt le tintement des sonnettes et le bruit de portes qui s'ouvraient avec fracas, puis je distinguai des cris confus.

« Mon ivrogne aura mis le feu quelque part ! » pensais-je en sautant à bas de mon lit.

Je m'habillai rapidement et j'entrai dans le corridor. De l'extrémité opposée partaient des cris et des lamentations, et une voix déchirante dominait toutes les autres : « Mon fils ! mon fils ! » Il était évident qu'un malheur était arrivé à M. Alphonse. Je courus à la chambre nuptiale : elle était pleine de monde. Le premier spectacle qui frappa ma vue fut le jeune homme à demi vêtu, étendu en travers sur le lit dont le bois était brisé. Il était livide[3], sans mouvement. Sa mère pleurait et criait à côté de lui. M. de Peyrehorade s'agitait, lui frottait les tempes avec de l'eau de Cologne, ou lui mettait des sels sous le nez. Hélas ! depuis longtemps son fils était mort. Sur un canapé, à l'autre bout de la chambre, était la mariée, en proie à d'horribles convulsions. Elle

---

1. **Druidiques** : relatifs aux druides.
2. **Singulier** : étonnant, curieux, étrange.
3. **Livide** : très pâle, blafard.

poussait des cris inarticulés, et deux robustes servantes avaient toutes les peines du monde à la contenir.

« Mon Dieu ! m'écriai-je, qu'est-il donc arrivé ? »

Je m'approchai du lit et soulevai le corps du malheureux jeune homme ; il était déjà raide et froid. Ses dents serrées et sa figure noircie exprimaient les plus affreuses angoisses. Il paraissait assez que sa mort avait été violente et son agonie terrible. Nulle trace de sang cependant sur ses habits. J'écartai sa chemise et vis sur sa poitrine une empreinte livide qui se prolongeait sur les côtes et le dos. On eût dit qu'il avait été étreint dans un cercle de fer. Mon pied posa sur quelque chose de dur qui se trouvait sur le tapis ; je me baissai et vis la bague de diamants.

J'entraînai M. de Peyrehorade et sa femme dans leur chambre ; puis j'y fis porter la mariée. « Vous avez encore une fille, leur dis-je, vous lui devez vos soins. » Alors je les laissai seuls.

Il ne me paraissait pas douteux que M. Alphonse n'eût été victime d'un assassinat dont les auteurs avaient trouvé moyen de s'introduire la nuit dans la chambre de la mariée. Ces meurtrissures à la poitrine, leur direction circulaire m'embarrassaient beaucoup pourtant, car un bâton ou une barre de fer n'aurait pu les produire. Tout d'un coup, je me souvins d'avoir entendu dire qu'à Valence[1] des braves[2] se servaient de longs sacs de cuir remplis de sable fin pour assommer les gens dont on leur avait payé la mort. Aussitôt, je me rappelai le muletier aragonais et sa menace ; toutefois, j'osais à peine penser qu'il eût tiré une si terrible vengeance d'une plaisanterie légère.

J'allais dans la maison, cherchant partout des traces d'effraction, et n'en trouvant nulle part, je descendis dans le jardin pour voir si les assassins avaient pu s'introduire de ce côté ; mais je ne trouvai aucun indice certain. La pluie de la veille avait d'ailleurs tellement détrempé le sol, qu'il n'aurait pu garder

1. **Valence** : port espagnol.
2. **Braves** : ici, tueurs à gages.

d'empreinte bien nette. J'observai pourtant quelques pas profondément imprimés dans la terre ; il y en avait dans deux directions contraires, mais sur une même ligne, partant de l'angle de la haie contiguë au jeu de paume et aboutissant à la porte de la maison. Ce pouvaient être les pas de M. Alphonse lorsqu'il était allé chercher son anneau au doigt de la statue. D'un autre côté, la haie, en cet endroit, étant moins fourrée [1] qu'ailleurs, ce devait être sur ce point que les meurtriers l'auraient franchie. Passant et repassant devant la statue, je m'arrêtai un instant pour la considérer. Cette fois, je l'avouerai, je ne pus contempler sans effroi son expression de méchanceté ironique ; et, la tête toute pleine des scènes horribles dont je venais d'être le témoin, il me sembla voir une divinité infernale [2] applaudissant au malheur qui frappait cette maison.

Je regagnai ma chambre et j'y restai jusqu'à midi. Alors je sortis et demandai des nouvelles de mes hôtes. Ils étaient un peu plus calmes. Mlle de Puygarrig, je devrais dire la veuve de M. Alphonse, avait repris connaissance. Elle avait même parlé au procureur [3] du roi de Perpignan, alors en tournée à Ille, et ce magistrat avait reçu sa déposition [4]. Il me demanda la mienne. Je lui dis ce que je savais, et ne lui cachai pas mes soupçons contre le muletier aragonais. Il ordonna qu'il fût arrêté sur-le-champ.

« Avez-vous appris quelque chose de Mme Alphonse ? demandai-je au procureur du roi, lorsque ma déposition fut écrite et signée.

– Cette malheureuse jeune femme est devenue folle, me dit-il en souriant tristement. Folle ! tout à fait folle. Voici ce qu'elle conte :

« Elle était couchée, dit-elle, depuis quelques minutes, les rideaux tirés, lorsque la porte de sa chambre s'ouvrit, et quelqu'un entra.

1. **Fourrée** : fournie.
2. **Infernale** : ici, qui appartient aux enfers.
3. **Procureur** : magistrat, représentant de la justice.
4. **Déposition** : déclaration faite sous serment.

Alors Mme Alphonse était dans la ruelle[1] du lit, la figure tournée vers la muraille. Elle ne fit pas un mouvement, persuadée que c'était son mari. Au bout d'un instant, le lit cria comme s'il était chargé d'un poids énorme. Elle eut grand-peur, mais n'osa pas tourner la tête. Cinq minutes, dix minutes peut-être… elle ne peut se rendre compte du temps, se passèrent de la sorte. Puis elle fit un mouvement involontaire, ou bien la personne qui était dans le lit en fit un, et elle sentit le contact de quelque chose de froid comme la glace, ce sont ses expressions. Elle s'enfonça dans la ruelle, tremblant de tous ses membres. Peu après, la porte s'ouvrit une seconde fois, et quelqu'un entra, qui dit: "Bonsoir, ma petite femme." Bientôt après, on tira les rideaux. Elle entendit un cri étouffé. La personne qui était dans le lit, à côté d'elle, se leva sur son séant[2] et parut étendre les bras en avant. Elle tourna la tête alors… et vit, dit-elle, son mari à genoux auprès du lit, la tête à la hauteur de l'oreiller, entre les bras d'une espèce de géant verdâtre qui l'étreignait avec force. Elle dit, et m'a répété vingt fois, pauvre femme! elle dit qu'elle a reconnu… devinez-vous? La Vénus de bronze, la statue de M. de Peyrehorade… Depuis qu'elle est dans le pays, tout le monde en rêve. Mais je reprends le récit de la malheureuse folle. À ce spectacle, elle perdit connaissance, et probablement depuis quelques instants elle avait perdu la raison. Elle ne peut en aucune façon dire combien de temps elle demeura évanouie. Revenue à elle, elle revit le fantôme, ou la statue, comme elle dit toujours, immobile, les jambes et le bas du corps dans le lit, le buste et les bras étendus en avant, et entre ses bras son mari, sans mouvement. Un coq chanta. Alors la statue sortit du lit, laissa tomber le cadavre et sortit. Mme Alphonse se pendit à la sonnette, et vous savez le reste. »

On amena l'Espagnol; il était calme, et se défendit avec beaucoup de sang-froid et de présence d'esprit. Du reste, il ne nia pas

1. **Ruelle**: ici, espace entre le lit et le mur.
2. **Se leva sur son séant**: s'assit.

le propos que j'avais entendu ; mais il l'expliquait, prétendant qu'il n'avait voulu dire autre chose, sinon que le lendemain, reposé qu'il serait, il aurait gagné une partie de paume à son vainqueur. Je me rappelle qu'il ajouta :

« Un Aragonais, lorsqu'il est outragé [1], n'attend pas au lendemain pour se venger. Si j'avais cru que M. Alphonse eût voulu m'insulter, je lui aurais sur-le-champ donné de mon couteau dans le ventre. »

On compara ses souliers avec les empreintes de pas dans le jardin ; ses souliers étaient beaucoup plus grands.

Enfin l'hôtelier chez qui cet homme était logé assura qu'il avait passé toute la nuit à frotter et à médicamenter un de ses mulets qui était malade.

D'ailleurs cet Aragonais était un homme bien famé [2], fort connu dans le pays où il venait tous les ans pour son commerce. On le relâcha donc en lui faisant des excuses.

J'oubliais la déposition d'un domestique qui le dernier avait vu M. Alphonse vivant. C'était au moment qu'il allait monter chez sa femme, et, appelant cet homme, il lui demanda d'un air d'inquiétude s'il savait où j'étais. Le domestique répondit qu'il ne m'avait point vu. Alors M. Alphonse fit un soupir et resta plus d'une minute sans parler, puis il dit : *« Allons ! le diable l'aura emporté aussi ! »*

Je demandai à cet homme si M. Alphonse avait sa bague de diamants lorsqu'il lui parla. Le domestique hésita pour répondre ; enfin il dit qu'il ne le croyait pas, qu'il n'y avait fait au reste aucune attention. « S'il avait eu cette bague au doigt, ajouta-t-il en se reprenant, je l'aurais sans doute remarquée, car je croyais qu'il l'avait donnée à Mme Alphonse. »

En questionnant cet homme, je ressentais un peu de la terreur superstitieuse que la déposition de Mme Alphonse avait

---

1. **Outragé** : insulté.
2. **Bien famé** : de bonne réputation.

répandue dans toute la maison. Le procureur du roi me regarda en souriant, et je me gardai bien d'insister.

Quelques heures après les funérailles de M. Alphonse, je me disposai à quitter Ille. La voiture de M. de Peyrehorade devait me conduire à Perpignan. Malgré son état de faiblesse, le pauvre vieillard voulut m'accompagner jusqu'à la porte de son jardin. Nous le traversâmes en silence, lui se traînant à peine, appuyé sur mon bras. Au moment de nous séparer, je jetai un dernier regard sur la Vénus. Je prévoyais bien que mon hôte, quoiqu'il ne partageât point les terreurs et les haines qu'elle inspirait à une partie de sa famille, voudrait se défaire d'un objet qui lui rappellerait sans cesse un malheur affreux. Mon intention était de l'engager à la placer dans un musée. J'hésitais pour entrer en matière, quand M. de Peyrehorade tourna machinalement la tête du côté où il me voyait regarder fixement. Il aperçut la statue et aussitôt fondit en larmes. Je l'embrassai, et, sans oser lui dire un seul mot, je montai dans la voiture.

Depuis mon départ je n'ai point appris que quelque jour[1] nouveau soit venu éclairer cette mystérieuse catastrophe.

M. de Peyrehorade mourut quelques mois après son fils. Par son testament il m'a légué ses manuscrits, que je publierai peut-être un jour. Je n'y ai point trouvé le mémoire relatif aux inscriptions de la Vénus.

*P.-S.* Mon ami M. de P. vient de m'écrire de Perpignan que la statue n'existe plus. Après la mort de son mari, le premier soin de Mme de Peyrehorade fut de la faire fondre en cloche, et sous cette nouvelle forme elle sert à l'église d'Ille. Mais, ajoute M. de P., il semble qu'un mauvais sort poursuive ceux qui possèdent ce bronze. Depuis que cette cloche sonne à Ille, les vignes ont gelé deux fois.

1. **Jour** : ici, aspect, découverte, perspective.

# Arrêt sur lecture 3

## Un quiz pour commencer

***Cochez les bonnes réponses.***

❶ *Quel est le sentiment du narrateur pendant le repas de noces ?*

- ❒ Il est heureux et partage la joie débordante des convives.
- ❒ Il est choqué par la grossièreté des convives.
- ❒ Il est impatient de se marier à son tour.

❷ *Quelle confidence M. Alphonse fait-il au narrateur concernant la bague ?*

- ❒ Elle est restée coincée au doigt de la Vénus.
- ❒ Elle a été volée par un passant.
- ❒ Elle a été perdue pendant le trajet.

❸ *Que fait le narrateur lorsque M. Alphonse lui demande d'aller vérifier ses dires ?*

- ❒ Il demande à M. Alphonse de l'accompagner auprès de la statue.
- ❒ Il y va seul pour éviter d'attirer l'attention des invités.
- ❒ Il renonce à sortir car il pleut trop.

❹ *Quelle perception des événements le narrateur a-t-il eue pendant la nuit ?*

- ☒ Il a entendu des bruits sourds.
- ❒ Il a vu des ombres inquiétantes.
- ❒ Il n'a rien vu ni entendu car il dormait profondément.

❺ *Quelles traces le narrateur découvre-t-il sur le corps de la victime ?*

- ❒ Une blessure sanglante à la tête.
- ❒ Des contusions sur tout le corps.
- ☒ Des meurtrissures circulaires à la poitrine.

❻ *Quels indices le narrateur découvre-t-il auprès du lit ?*

- ❒ Une balle utilisée au jeu de paume.
- ☒ La bague de diamants.
- ❒ Une barre de fer.

❼ *Que pense le procureur du roi du témoignage de Mme Alphonse ?*

- ☒ Il n'est pas fiable : la mariée est devenue folle.
- ❒ Il est crédible : la mariée a vu le meurtrier.
- ❒ Il est incertain : la chambre était dans l'obscurité.

❽ *Comment faut-il, selon l'Aragonais, interpréter la menace qu'il a adressée à M. Alphonse ?*

- ☒ Je prendrai ma revanche au jeu.
- ❒ Je me vengerai en te tuant de mes mains.
- ❒ Je paierai quelqu'un pour te tuer.

❾ *Que pourrait-on dire concernant le témoignage du domestique ?*

- ❒ Son témoignage est décisif : il a vu M. Alphonse avec la bague au doigt.
- ☒ Son témoignage est douteux : il n'a pas prêté attention au fait.
- ❒ Son témoignage est décisif : il n'a pas vu de bague au doigt d'Alphonse.

❿ *Quel sort est réservé à la statue à la fin de la nouvelle ?*

- ☒ Elle a été fondue en cloche.
- ❒ Elle a été installée dans un parc de la ville.
- ❒ Elle a été placée dans un musée.

# Des questions pour aller plus loin

## Analyser le dénouement de la nouvelle fantastique

### Une atmosphère de plus en plus angoissante

❶ Quel fait étrange M. Alphonse rapporte-t-il au narrateur ? Précisez les deux interprétations, naturelle et surnaturelle, envisagées par le jeune marié.

❷ Relevez les expressions qui traduisent la peur de M. Alphonse ainsi qu'une phrase qui caractérise son élocution. Quel signe de ponctuation indique que ce personnage est très perturbé ?

❸ Citez trois expressions qui font référence au diable dans les propos du jeune homme et précisez ce qu'elles pourraient laisser entendre.

❹ Le narrateur partage-t-il les interprétations du jeune homme ? Pourquoi ne va-t-il pas vérifier ses dires ?

❺ Quelles réflexions concernant le mariage en général et les jeunes mariés en particulier empêchent le narrateur de trouver le sommeil ?

❻ Relevez deux expressions péjoratives caractérisant M. Alphonse ainsi que deux mots appartenant au champ lexical de la haine.

❼ Précisez quels sont les divers bruits entendus par le narrateur pendant la nuit et quelle origine il attribue à chacun d'eux. Quel bruit est resté inexplicable pour lui ?

## Un meurtre horrible

❽ En quoi la scène découverte par le narrateur dans la chambre nuptiale est-elle particulièrement bouleversante ?

❾ Relevez, dans la description du corps de la victime, les mots appartenant au champ lexical de la mort. Quelles expressions soulignent aussi que le personnage a péri de mort violente ?

❿ Montrez, en donnant des exemples tirés du texte, que le narrateur mène une véritable enquête qui doit déboucher sur l'arrestation d'un suspect.

⓫ Indiquez le mode des verbes « il n'aurait pu garder » (p. 98, l. 915), « l'auraient franchie »(p. 99, l. 923) et justifiez leur emploi. Dans le même paragraphe, relevez d'autres expressions exprimant les doutes et les incertitudes du narrateur (modalisateurs).

⓬ Quels sentiments le narrateur éprouve-t-il en regardant la statue ? Quelles expressions caractérisant la Vénus orientent le lecteur vers une interprétation du meurtre autre que policière ?

## Incertitudes et double interprétation

⓭ Qui rapporte au narrateur le témoignage de Mme Alphonse ? Pourquoi le récit de la jeune veuve est-il présenté comme n'étant pas crédible ?

⓮ Quelle est la version des faits donnée par la jeune femme ? Indiquez quels détails de ce témoignage coïncident avec des faits précédemment évoqués par le narrateur, ce qui donne alors du crédit à son récit.

⓯ Quelle expression ambiguë employée par la jeune femme peut caractériser aussi bien la statue que l'Aragonais ?

⓰ Citez les détails qui semblent disculper l'Aragonais. Relevez les indices qui tendent cependant à le présenter comme capable de commettre un tel crime.

⓱ Mettez au style indirect les paroles de ce personnage rapportées au style direct (p. 101, l. 981 à 984).

⓲ Le témoignage du domestique permet-il d'y voir plus clair ? Vers quelle interprétation des faits ses propos tendent-ils ?

⓳ Quels autres événements se sont produits depuis la mort de M. Alphonse ? En quoi semblent-ils dus à l'influence de la statue ?

⓴ La fin de la nouvelle permet-elle au lecteur d'avoir la solution de l'énigme ? Précisez quelles sont les deux interprétations possibles, naturelle et surnaturelle, concernant le meurtre de M. Alphonse.

***Rappelez-vous !***

Comme dans de nombreux récits fantastiques, le dénouement de *La Vénus d'Ille* ne permet pas de trancher entre une interprétation rationnelle, qui ferait de l'Aragonnais, humilié par sa défaite, le coupable, et une interprétation surnaturelle, qui attribuerait à la statue le meurtre de M. Alphonse, par jalousie et désir de vengeance.

# De la lecture à l'écriture

## Des mots pour mieux écrire

❶ ***Complétez chacune de ces phrases en employant le mot approprié de la liste suivante :*** meurtrissures, indices, détrempé, empreintes, contiguë.

**a.** Après de fortes pluies, ce cheval court avec difficulté sur le sol détrempé

**b.** J'entends tout ce que tu dis car ta chambre est contiguë à la mienne.

**c.** Sherlock Holmes utilise sa loupe pour rechercher des indices.

**d.** Le jeune garçon est tombé et il a de nombreuses meurtrissures aux genoux.

**e.** On a retrouvé des empreintes de pas devant la fenêtre.

❷ ***Recherchez le sens du mot « effraction » et de son paronyme (mot de forme très voisine) « infraction ». Citez ensuite les paronymes des mots suivants, dont vous préciserez le sens :*** allocution, allusion, avènement, adjuvant.

## À vous d'écrire

❶ M. Alphonse a disparu un instant avant de se mettre à table. Imaginez la scène vécue par le jeune marié dans cet intervalle de temps.

**Consigne.** Vous vous servirez des indications données par M. Alphonse lui-même dans le passage allant de la page 94 à la page 95.

❷ Rédigez la déposition faite par l'Aragonais au Procureur du roi, dans laquelle il rejette toute implication dans le meurtre.
**Consigne.** Vous vous appuierez sur les arguments du personnage rapportés aux pages 100-101.

❸ Mme Alphonse raconte à une amie les événements tragiques vécus pendant sa nuit de noces.
**Consigne.** Votre récit sera fait à la première personne selon le point de vue de la jeune mariée.

# Arrêt sur l'œuvre

## Des questions sur l'ensemble de *La Vénus d'Ille*

### Une statue étrange et maléfique

❶ Recherchez les passages du récit et les expressions utilisées qui apparentent la statue à une créature diabolique.

❷ Quelles raisons pourraient avoir poussé la Vénus à s'animer et à commettre les différents méfaits qui lui sont attribués ?

❸ Montrez, en prenant appui sur le texte, que la statue exerce une véritable fascination sur M. de Peyrehorade. En quoi peut-on dire qu'il est sa deuxième victime ?

❹ La statue suscite la peur autour d'elle. Montrez-le en relevant quelques passages où divers personnages éprouvent ce sentiment.

## Un narrateur gagné par le doute

❺ Montrez que le narrateur apparaît, tout au long de la nouvelle, comme un personnage rationnel qui refuse de croire à l'influence maléfique de la statue.

❻ Le narrateur a-t-il été un témoin direct des événements fantastiques ? Précisez quels sont les différents personnages qui lui rapportent ces faits et dites ce qui rend leurs témoignages fragiles à ses yeux.

❼ Relevez les passages où la raison du narrateur vacille et où il se laisse à son tour gagner par le doute et l'inquiétude.

## Un récit sous le signe de la dualité

❽ En présentant votre réponse sous forme de tableau, vous préciserez les deux interprétations, naturelle et surnaturelle, que peuvent recevoir les faits suivants à la relecture : la jambe cassée de l'ouvrier, le retour de la pierre lancée par les gamins, la victoire d'Alphonse au jeu de paume, la bague restée au doigt de la Vénus, les pas dans l'escalier, la bague retrouvée sur le tapis, le gel des vignes.

❾ De même qu'il y a dans le récit deux « Vénus », deux « mariages », recherchez les objets, les personnages, les sentiments, les situations qui apparaissent par couple dans la nouvelle (les éléments peuvent être mis en parallèle ou en opposition).

❿ En quoi *La Vénus d'Ille* peut-elle faire l'objet d'une double lecture, à la fois comme récit policier et comme nouvelle fantastique ? Indiquez quelles caractéristiques elle emprunte à chacun des deux genres.

# Des mots pour mieux écrire

## Lexique de l'archéologie et de l'art

**Antiquaire** : personne passionnée d'objets anciens et qui en fait le commerce. Dans le texte, ce mot a le sens d'« archéologue ».
**Archéologue** : personne qui étudie les vestiges des civilisations anciennes.
**Bronze** : mélange de cuivre et d'étain. Un bronze est une sculpture réalisée dans cet alliage.
**Buste** : sculpture représentant un buste, c'est-à-dire la tête et la partie supérieure du corps.
**Draperie** : représentation d'étoffes, disposées avec art, en grands plis, autour du corps d'une statue par exemple.
**Estampes** : images imprimées au moyen d'une planche gravée, en bois ou en métal.
**Idole** : dans le texte, représentation peinte ou sculptée d'une divinité, adorée par les pratiquants d'un culte.
**Patine** : teinte prise par certaines matières avec le temps qui ternit leur couleur.
**Piédestal** : support formant le socle sur lequel repose une statue ou un autre objet exposé.
**Socle** : support massif sur lequel repose une statue ou une colonne.
**Statuaire** : art de sculpter des statues.

### *Mots croisés*

Tous les mots à placer dans cette grille simplifiée se trouvent dans le lexique de l'archéologie et de l'art.

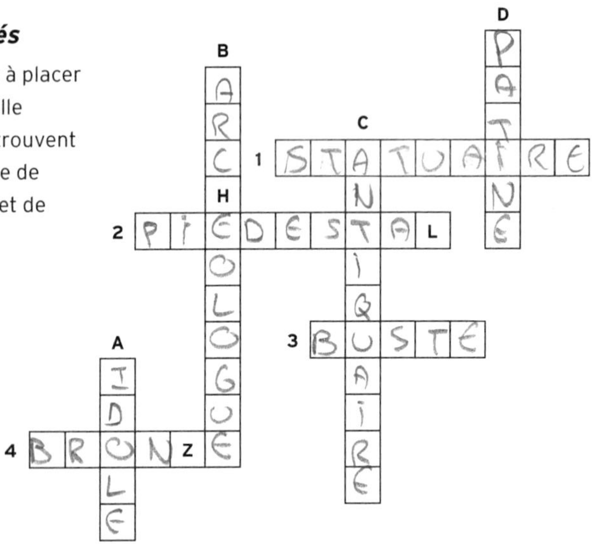

### Horizontalement

**1.** La Vénus de Milo fait partie de la ___________ grecque.
**2.** On y place quelqu'un que l'on admire.
**3.** Il représente une partie d'un personnage.
**4.** De nombreuses statues sont fabriquées avec ce métal.

### Verticalement

**A.** Elle a de nombreux adorateurs.
**B.** Il recherche les vestiges du passé.
**C.** Il a le goût des objets anciens.
**D.** Elle recouvre les objets chargés d'ans.

## Lexique de la peur

**Altération** : changement qui dénature. Dans le texte, modification des traits du visage sous l'effet de la peur.
**Convulsions** : contractions des muscles rapides et brusques, sous l'effet d'une maladie ou d'une vive émotion.
**Effaré** : frappé de stupeur par un trouble violent, essentiellement la peur.
**Effroi** : grande frayeur qui glace et qui saisit.
**Hagard** : qui est égaré, dont les repères sont fortement perturbés par une forte émotion.
**Horrible** : qui inspire de l'épouvante, de l'effroi.
**Livide** : très pâle, blafard.
**Perdre connaissance** : s'évanouir sous le coup d'une émotion forte.
**Terreur** : peur extrême et paralysante.
**Trépignement** : action de frapper des pieds contre le sol de façon rapide et répétée.

***Comme les termes « effroi », « horreur », « terreur », les noms suivants appartiennent au champ lexical de la peur. Classez-les en deux groupes selon qu'ils vous semblent désigner une peur intense ou une peur plus modérée :*** angoisse, inquiétude, crainte, trac, épouvante, panique, affolement, anxiété, appréhension.

# À vous de créer

## Une analyse de sculpture

Analysez une sculpture, ancienne ou moderne, dont vous ferez la description à l'écrit ou que vous présenterez à l'oral en classe.

Vous choisirez une œuvre dont vous vous procurerez la reproduction photographique.

Vous donnerez des renseignements sur l'auteur, son époque, sa démarche artistique et créatrice.

Vous analyserez cette œuvre en donnant des indications précises sur :

– le sujet représenté : mythologique, religieux ou autre ;

– les caractéristiques générales : attitudes, expression, proportions ;

– le matériau utilisé : bronze, cuivre, plâtre, fer, terre cuite ;

– le genre de sculpture : haut-relief, bas relief...

Vous communiquerez ensuite, de façon plus personnelle, les impressions et les émotions suggérées par cette sculpture, en expliquant éventuellement les raisons de votre choix.

# Groupements de textes

## Histoires de vengeance

### Euripide, *Électre*

**Dès l'Antiquité grecque, le thème de la vengeance est un des ressorts de la tragédie en général et de celle d'Euripide (vers 480-406 av. J.-C.) en particulier. Agamemnon, roi de Mycènes, a sacrifié sa fille Iphigénie aux dieux. À son retour de la guerre de Troie, il est assassiné par son épouse, Clytemnestre, aidée de son amant Égisthe. Sa fille Électre incite son frère Oreste à la vengeance. Après s'être éloigné quelque temps du palais, ce dernier revient pour exécuter les meurtriers de son père.**

ORESTE

Me voici arrivé ; l'oracle du dieu m'a fait venir sur le sol d'Argos[1], à l'insu de tous, pour le venger, ce père, en rendant meurtre pour meurtre. Cette nuit, je suis allé sur sa tombe, je lui ai offert mes larmes, et des cheveux que j'ai prélevés sur ma tête ; j'ai immolé une brebis dont le sang a coulé sur l'autel. Les per-

1. **Argos** : ville grecque située dans le Péloponnèse.

sonnages régnants qui gouvernent ce pays ne savent rien. Je me garde de mettre le pied à l'intérieur des remparts. En bornant mon voyage aux approches de la frontière, j'ai combiné deux visées : pouvoir décamper d'un bond dans un autre territoire si un mouchard me reconnaît, et puis chercher ma sœur ; le bruit court qu'on l'a mariée, et qu'elle a quitté son nid de jeune fille pour habiter avec son époux. Je veux la rencontrer et l'associer à mon dessein [1] meurtrier ; elle m'apprendra du moins où en sont au juste les choses, hors les murs.

[...]

*Électre paraît, portant sur sa tête une cruche pleine d'eau. Elle chante en rythmant sa marche.*

ÉLECTRE

Hâte le pas, le temps te presse !
Marche, marche en pleurant détresse !
Las ! Hélas !
Sous quel toit, dans quelle ville
es-tu valet, pauvre frère,
depuis que tu as laissé
au palais de nos aïeux
ta sœur, vouée au supplice
des peines les plus amères ?
Viens dénouer les misères
que je souffre, au nom du Ciel !
Viens venger le meurtre atroce
de notre père ! Au secours !
Viens en Argos à bon port
Au terme de tes errances !

Euripide, *Électre* [vers 410 av. J.-C.],
trad. du grec ancien par V.-H. Debidour,
Librairie générale française, « Classiques », 2005.

1. **Dessein** : projet.

## Pierre Corneille, *Le Cid*

**Dans cette tragi-comédie de Pierre Corneille (1606-1684), les thèmes de la vengeance et de l'honneur sont étroitement liés. Don Rodrigue (le Cid) doit se marier avec Chimène. Mais la nomination de Don Diègue, le père de Rodrigue, comme gouverneur du prince de Castille suscite la jalousie du père de Chimène, le comte Don Gormas, qui gifle le vieil homme. Dans l'extrait suivant, situé à la scène 5 de l'acte premier, Don Diègue demande alors à son fils de venger son honneur en provoquant le comte en duel.**

DON DIÈGUE

Rodrigue, as-tu du cœur?

DON RODRIGUE

Tout autre que mon père
L'éprouverait[1] sur l'heure.

DON DIÈGUE

Agréable colère!
Digne ressentiment[2] à ma douleur bien doux!
Je reconnais mon sang à ce noble courroux[3] ;
Ma jeunesse revit en cette ardeur si prompte.
Viens, mon fils, viens, mon sang, viens réparer ma honte ;
Viens me venger.

DON RODRIGUE

De quoi?

DON DIÈGUE

D'un affront si cruel,
Qu'à l'honneur de tous deux il porte un coup mortel :
D'un soufflet[4]. L'insolent en eût perdu la vie ;
Mais mon âge a trompé ma généreuse envie :
Et ce fer[5] que mon bras ne peut plus soutenir,

---

1. **L'éprouverait** : ici, pourrait le vérifier.
2. **Digne ressentiment** : noble réaction.
3. **Courroux** : colère.
4. **Soufflet** : gifle.
5. **Fer** : ici, épée.

Je le remets au tien pour venger et punir.
Va contre un arrogant éprouver ton courage :
Ce n'est que dans le sang qu'on lave un tel outrage ;
Meurs ou tue. Au surplus, pour ne te point flatter,
Je te donne à combattre un homme à redouter :
Je l'ai vu, tout couvert de sang et de poussière,
Porter partout l'effroi dans une armée entière.
J'ai vu par sa valeur cent escadrons [1] rompus [2] ;
Et pour t'en dire encor quelque chose de plus,
Plus que brave soldat, plus que grand capitaine,
C'est...

**DON RODRIGUE**

De grâce, achevez.

**DON DIÈGUE**

Le père de Chimène.

**DON RODRIGUE**

Le...

**DON DIÈGUE**

Ne réplique point, je connais ton amour ;
Mais qui peut vivre infâme [3] est indigne du jour.
Plus l'offenseur est cher, et plus grande est l'offense.
Enfin tu sais l'affront, et tu tiens la vengeance :
Je ne te dis plus rien. Venge-moi, venge-toi ;
Montre-toi digne fils d'un père tel que moi.
Accablé des malheurs où le destin me range,
Je vais les déplorer : va, cours, vole, et nous venge.

Pierre Corneille, *Le Cid* [1637],
Gallimard, « Folioplus classiques », 2004.

---

1. **Escadrons** : dans l'armée, unités de cavalerie.
2. **Rompus** : ici, défaits.
3. **Infâme** : ici, déshonoré.

## Prosper Mérimée, *Colomba*

**Les réminiscences de la tragédie grecque sont nombreuses dans ce récit de Prosper Mérimée (1803-1870). Le père d'Orso et de Colomba a été traîtreusement assassiné par un membre de la famille Barricini. Comme Électre, Colomba incite son frère à la vengeance. Orso, soldat sur le continent, a été tenu à l'écart des événements mais, peu après son retour en Corse, sa sœur le conduit à l'endroit même où leur père a été tué…**

À un demi-mille du village, après bien des détours, Colomba s'arrêta tout à coup dans un endroit où le chemin faisait un coude. Là s'élevait une petite pyramide de branchages, les uns verts, les autres desséchés, amoncelés à la hauteur de trois pieds environ. Du sommet on voyait percer l'extrémité d'une croix de bois peinte en noir. Dans plusieurs cantons de la Corse, surtout dans les montagnes, un usage extrêmement ancien, et qui se rattache peut-être à des superstitions du paganisme [1], oblige les passants à jeter une pierre ou un rameau d'arbre sur le lieu où un homme a péri de mort violente. Pendant de longues années, aussi longtemps que le souvenir de sa fin tragique demeure dans la mémoire des hommes, cette offrande singulière s'accumule ainsi de jour en jour. On appelle cela l'*amas*, le *mucchio* d'un tel.

Colomba s'arrêta devant ce tas de feuillage, et, arrachant une branche d'arbousier [2], l'ajouta à la pyramide.

– Orso, dit-elle, c'est ici que notre père est mort. Prions pour son âme, mon frère !

Et elle se mit à genoux. Orso l'imita aussitôt. En ce moment la cloche du village tinta lentement, car un homme était mort dans la nuit. Orso fondit en larmes.

Au bout de quelques minutes, Colomba se leva, l'œil sec, mais la figure animée. Elle fit du pouce à la hâte le signe de croix familier à ses compatriotes et qui accompagne d'ordinaire leurs serments solennels, puis, entraînant son frère, elle reprit le chemin

---

1. **Paganisme** : religion des païens, de ceux qui admettent l'existence de plusieurs dieux.
2. **Arbousiers** : arbuste du bassin méditerranéen.

du village. Ils rentrèrent en silence dans leur maison. Orso monta dans sa chambre. Un instant après, Colomba l'y suivit, portant une petite cassette[1] qu'elle posa sur la table. Elle l'ouvrit et en tira une chemise couverte de larges taches de sang.

– Voici la chemise de votre père, Orso.

Et elle la jeta sur ses genoux.

– Voici le plomb qui l'a frappé.

Et elle posa sur la chemise deux balles oxydées.

– Orso, mon frère ! cria-t-elle en se précipitant dans ses bras et l'étreignant avec force. Orso ! tu le vengeras !

Prosper Mérimée, *Colomba* [1840],
Gallimard, « Folio classique », 1999.

## Pierre Alexis Ponson du Terrail, *Les Bandits*

**Le bandit corse, qui a pris le maquis après une « affaire d'honneur », est l'incarnation de la vengeance. Sainte-Lucie, le héros de Ponson du Terrail (1829-1871) devenu un bandit célèbre, est un jeune homme calme et studieux. Il est accusé d'avoir tué le séducteur de sa cousine germaine et il est condamné aux travaux forcés à la suite du témoignage formel du cultivateur B... et de l'avocat S... Après son évasion, il disparaît dans le maquis, mais les deux témoins à charge, venus à Ajaccio un jour de marché, croisent sa route.**

Sur la porte même du café des Amis qui se trouve dans la maison de l'hôtel de France, il y avait un jeune Corse fumant tranquillement son cigare et tortillant avec insouciance le manche cerclé de petits filets de cuivre d'un assez beau stylet à gaine de chagrin[2].

L'avocat marchait d'un pas rapide et les yeux baissés ; il ne les porta donc sur le jeune Corse que lorsqu'il se trouva tout auprès.

Le jeune Corse fit un pas, se planta debout et immobile devant l'avocat et lui dit :

– Me reconnais-tu ?

---

1. **Cassette** : ici, coffret dans lequel on conserve des objets précieux.
2. **Stylet à gaine de chagrin** : petit poignard dont l'étui est en peau de mouton.

L'avocat recula soudain, jeta un cri d'effroi et porta la main à son fusil.

Mais la main gauche du jeune Corse lui cloua son fusil sur l'épaule, tandis que la droite brandissait le stylet nu.

Ah ! s'écria le bandit, car c'était Sainte-Lucie en personne, ah ! tu m'as vu… de tes yeux vu… ce qui s'appelle vu… Eh bien, mon maître, tu ne verras plus !

Et le stylet étincela deux fois au soleil, et les deux yeux de l'avocat jaillirent sanglants sur ses joues.

Et tandis que le malheureux s'affaissait, poussant un rugissement d'atroce douleur, Sainte-Lucie s'en alla tranquillement, prit la rue Napoléon, et ensuite le faubourg.

À l'entrée même, en face de la maison Bontante, le cultivateur B… avait arrêté son cheval devant une sorte de boutique d'épicerie, où l'on vend des balles et de la poudre.

À demi tourné sur sa selle, B… achevait de vider sa gourde, tandis qu'on pesait ses balles. Sainte- Lucie s'approcha vivement de lui, lui enleva des mains, par un rapide et brusque geste, le fusil qu'il appuyait sur l'étrier[1], puis, faisant un saut en arrière, il l'ajusta en lui disant :

– Voyons si ton fusil porte aussi bien que celui avec lequel *tu m'as vu tuer* le séducteur de ma cousine.

Le coup partit, et B… tomba mort.

L'histoire de Sainte-Lucie est une longue épopée au petit pied. À côté d'un trait de férocité, on cite mille traits de générosité. Cet homme, longtemps traqué, longtemps pourchassé, de grotte en grotte et de forêt en forêt, ne tua jamais un gendarme qu'à son grand désespoir et après l'avoir sommé[2] de se retirer.

Pierre Alexis Ponson du Terrail, *Les Bandits* [1852],
dans Alexandre Dumas, *Les Frères corses*,
Nathan, « Carrés classiques », 2008.

---

1. **Étrier** : arceau en métal, suspendu de chaque côté de la selle, et sur lequel le cavalier appuie le pied.
2. **Après l'avoir sommé** : après lui avoir demandé impérativement.

## Guy de Maupassant, *Une vendetta*

**Guy de Maupassant (1850-1893) présente à son tour la Corse comme une terre de passions sanglantes et de haines inextinguibles. La veuve Savérini vit seule avec son fils Antoine et sa chienne Sémillante à Bonifacio, petite ville du sud de l'île, séparée de la Sardaigne par un détroit. Après une dispute, son fils est tué par Nicolas Rivolati qui, la nuit même, part se réfugier en Sardaigne.**

Quand la vieille mère reçut le corps de son enfant, que des passants lui rapportèrent, elle ne pleura pas, mais elle demeura longtemps immobile à le regarder ; puis, étendant sa main ridée sur le cadavre, elle lui promit la vendetta [1]. Elle ne voulut point qu'on restât avec elle, et elle s'enferma auprès du corps avec la chienne, qui hurlait. Elle hurlait, cette bête, d'une façon continue, debout auprès du lit, la tête tendue vers son maître, et la queue serrée entre les pattes. Elle ne bougeait pas plus que la mère, qui, penchée maintenant sur le corps, l'œil fixe, pleurait de grosses larmes muettes en le contemplant. [...]

*La vieille femme a l'idée d'utiliser la chienne comme instrument de sa vengeance : après l'avoir affamée, elle l'entraîne à déchirer un mannequin de paille, et la récompense par un morceau de boudin noir. Jugeant le moment venu, elle traverse le détroit avec l'animal...*

Elle avait, dans un sac de toile, un grand morceau de boudin. Sémillante jeûnait depuis deux jours. La vieille femme, à tout moment, lui faisait sentir la nourriture odorante, et l'excitait.

Elles entrèrent dans Longosardo. La Corse allait en boitillant. Elle se présenta chez un boulanger et demanda la demeure de Nicolas Rivolati. Il avait repris son ancien métier, celui de menuisier. Il travaillait seul au fond de sa boutique.

La vieille poussa la porte et l'appela :

– Hé ! Nicolas !

Il se tourna ; alors, lâchant sa chienne, elle cria :

– Va, va, dévore, dévore !

---

1. **Vendetta** : en Corse, poursuite de la vengeance d'une offense ou d'un meurtre, qui se transmet à tous les parents de la victime.

L'animal, affolé, s'élança, saisit la gorge. L'homme étendit les bras, l'étreignit, roula par terre. Pendant quelques secondes, il se tordit, battant le sol de ses pieds ; puis, il demeura immobile, pendant que Sémillante lui fouillait le cou, qu'elle arrachait par lambeaux.

Deux voisins, assis sur leur porte, se rappelèrent parfaitement avoir vu sortir un vieux pauvre avec un chien noir efflanqué qui mangeait, tout en marchant, quelque chose de brun que lui donnait son maître.

La vieille, le soir, était rentrée chez elle. Elle dormit bien, cette nuit-là.

Guy de Maupassant, *Une vendetta* [1883]
dans *Contes du jour et de la nuit*,
Gallimard, « Folio classique », 1984.

## Hervé Bazin, *Vipère au poing*

**Ce roman d'Hervé Bazin (1911-1996) est largement autobiographique : il raconte le combat de Jean Rézeau, dit Brasse-Bouillon, et de ses frères, contre une mère odieuse. Ses fils la surnomment Folcoche (contraction de « folle cochonne »), et même les arbres du parc portent la trace du désir de vengeance des enfants.**

Je me souviens, je me souviendrai toute ma vie, Folcoche... Les platanes, pourquoi portent-ils ces curieuses inscriptions, ces V. F. quasi rituels, que l'on pourra retrouver sur tous les arbres du parc, chênes, tulipiers, frênes, tous, sauf un taxaudier [1] que j'aime ? V. F... V. F... V. F... C'est-à-dire, vengeance à Folcoche ! Vengeance ! Vengeance à Folcoche, gravée dans toutes les écorces, et sur les potirons de fin d'année, et sur le tuffeau [2] des tourelles, cette pierre tendre qui se laisse bien creuser à la pointe du canif, et même en marge des cahiers. Non, ma mère, cela n'est point, comme on vous l'a quelquefois prétendu, une ressource mnémotechnique [3] : verbes français, ne pas oublier d'apprendre

---

1. **Taxaudier** : conifère poussant en terrain marécageux.
2. **Tuffeau** : roche calcaire.
3. **Mnémotechnique** : relative à un procédé capable d'aider la mémoire par associations mentales.

tes verbes français. Non, ma mère, il n'y a plus qu'un seul verbe qui compte ici, et nous le déclinons correctement à tous les temps. Je te hais, tu me hais, il la haïssait, nous nous haïrons, vous vous étiez haïs, ils se haïrent ! V. F... V. F... V. F... V. F... [...]

*L'occasion de passer à l'acte se présente lors d'une promenade sur la rivière. Folcoche veut sauter sur le bateau des enfants pour mettre fin à leur randonnée mais une manœuvre délibérée de Brasse-Bouillon la précipite à l'eau...*

Feignant[1] l'affolement, je laissai échapper ma godille[2], afin de me trouver dans l'incapacité officielle de lui porter secours. Cropette poussait des cris lamentables. Frédie se tordait le nez à gauche, passionnément, en répétant :

– Splendide ! Splendide !

Pas si splendide que ça. Elle barbotait dans son bouillon d'herbes, Mme Rézeau, elle barbotait, mais elle ne coulait pas. Elle ne criait pas, ne faisait pas attention à nous. Elle employait tout ce que lui avait appris jadis un commencement de cours de natation, non poursuivi par la suite, mais quand même bien désastreux pour nous, car elle parvenait à se maintenir sur l'eau et même à gagner quelques centimètres dans la direction du pied de la passerelle. Frédie changea de refrain.

– Elle va s'en tirer, la garce ! Il faut lui foutre un coup de talon sur la tête.

Mais, ce beau conseil, il le proféra tout bas dans mon oreille et nul d'entre nous ne bougea, comme bien vous le pensez. D'abord, c'était impossible : nous n'avions plus que nos mains pour pagayer. Ensuite, une maladresse volontaire peut s'interpréter, mais le coup de grâce donné à une personne qui se noie, voilà qui n'est plus du tout équivoque et engage autrement votre responsabilité !... La rage au cœur, je dus assister au sauvetage de Folcoche par elle-même.

Hervé Bazin, *Vipère au poing* [1948],
Éditions Grasset, 2004.

1. **Feignant** : simulant.
2. **Godille** : ici, rame.

## Pascal Mérigeau, *Quand Angèle fut seule*

**Cette nouvelle de Pascal Mérigeau (né en 1953) illustre le proverbe selon lequel «la vengeance est un plat qui se mange froid». Baptiste, le mari d'Angèle, vient de mourir, emporté par un terrible mal de ventre et, au retour du cimetière, sa femme évoque sa vie passée auprès de cet homme qui l'avait séduite avec «ses yeux bleus» et «ses chemises à fleurs». Mais les révélations de sa voisine Cécile avaient semé le trouble dans son esprit…**

C'est ainsi qu'un jour elle lui dit, sur le ton de la conversation bien sûr, qu'il lui semblait avoir aperçu Baptiste discutant avec Germaine Richard, près de la vigne. Plusieurs fois au cours des mois qui suivirent, Cécile fit d'autres « discrètes » allusions. Puis elle n'en parla plus. Mais alors, Angèle savait. Elle ne disait rien. Peu à peu, elle s'était habituée. Sans même avoir eu à y réfléchir, elle avait décidé de ne jamais en parler à Baptiste, ni à personne. C'était sa dignité. Cela avait duré jusqu'à ce que Baptiste tombe malade pour ne plus jamais se relever. Cela avait duré près de vingt ans. Son seul regret, disait-elle parfois, était de n'avoir pas eu d'enfants. Elle ne mentait pas. Encore une raison de détester la Germaine Richard d'ailleurs, car elle, elle avait un fils, né peu de temps après la mort de son père ; Edmond Richard, un colosse aux yeux et aux cheveux noirs avait été emporté en quelques semaines par un mal terrible, dont personne n'avait jamais rien su. Le fils Richard, on ne le connaissait pas à Sainte-Croix. Il avait été élevé par une tante à Angers. Un jour, cependant, c'était juste avant que Baptiste ne tombe malade, il était venu voir sa mère. Cécile était là, bien sûr, puisque Cécile est toujours là quand il se passe quelque chose. Elle lui avait trouvé un air niais avec ses grands yeux délavés. Angèle en avait semblé toute retournée.

Cécile était partie maintenant. La nuit était tombée. Angèle fit un peu de vaisselle. Elle lava quelque tasses, puis la vieille cafetière blanche, maintenant inutile, puisqu'Angèle ne buvait jamais de café. Elle la rangea tout en haut du bahut. Sous l'évier, elle prit quelques vieux pots à confitures vides. À quoi bon faire des confitures, elle en avait un plein buffet. Elle prit également quelques torchons, un paquet de mort-aux rats aux trois quarts vide, et s'en alla mettre le tout aux ordures. Il y avait bien vingt ans qu'on n'avait pas vu un rat dans la maison.

Pascal Mérigeau, *Quand Angèle fut seule*,
revue *Polar* n°28, 1983.

# Amour et sortilèges

## Ovide, *Les Métamorphoses*

**La légende de Pygmalion, racontée par le poète latin Ovide (48 av. J.-C.-17 apr. J.-C.), préfigure la nouvelle de Prosper Mérimée en illustrant les pouvoirs de Vénus, parfois bénéfiques. Elle développe par ailleurs un thème fantastique, celui de l'animation d'un objet. Pygmalion sculpte une statue dont il tombe amoureux. Il se rend à la fête de Vénus et lui adresse une prière : avoir une épouse « semblable à la vierge d'ivoire ».**

Vénus, parée d'or, qui assistait elle-même à sa fête, comprit ce que signifiait cette prière. Présageant les dispositions favorables de la déesse, trois fois la flamme se ralluma et dressa sa crête dans les airs. De retour chez lui, l'artiste va vers la statue de la jeune fille ; penché sur le lit il lui donne un baiser ; il croit sentir que ce corps est tiède. De nouveau il en approche sa bouche, tandis que ses mains tâtent sa poitrine ; à ce contact, l'ivoire s'attendrit ; il perd sa dureté, il fléchit sous les doigts ; il cède ; ainsi la cire de l'Hymette s'amollit au soleil ; ainsi, façonnée par le pouce, elle prend les formes les plus variées et se prête à de nouveaux services, à force de servir. L'amant reste saisi ; il hésite à se réjouir, il craint de se tromper ; sa main palpe et palpe encore l'objet de ses désirs ; c'était bien un corps vivant ; il sent des veines palpiter au contact de son pouce. Alors le héros de Paphos adresse à Vénus de longues actions de grâce ; sa bouche presse enfin une bouche véritable ; la jeune fille a senti les baisers qu'il lui donne et elle a rougi ; levant vers la lumière un timide regard, elle a vu en même temps le ciel et son amant. La déesse assiste à leur mariage qui est son œuvre ; puis, quand la lune eut neuf fois rapproché ses cornes autour de son disque rempli, la jeune épouse mit au monde une fille, Paphos, dont l'île a retenu le nom.

Ovide, *Les Métamorphoses* [9-10 apr. J.-C.], trad. du grec ancien par G. Lafaye, Gallimard, « Folio classique », 1992.

## Edgar Allan Poe, *Ligeia*

**Cette nouvelle d'Edgar Allan Poe (1809-1849) s'inspire elle aussi du thème des « mortes amoureuses ». Le narrateur vit une folle passion avec Ligeia, une femme à la beauté admirable et aux yeux fascinants.**

Les prunelles étaient du noir le plus brillant et surplombées par des cils de jais [1] très longs ; ses sourcils, d'un dessin légèrement irrégulier, avaient la même couleur ; toutefois, l'*étrangeté* que je trouvais dans les yeux était indépendante de leur forme, de leur couleur et de leur éclat, et devait décidément être attribuée à l'*expression*. Ah ! mot qui n'a pas de sens ! un pur son ! vaste latitude où se retranche toute notre ignorance du spirituel ! L'expression des yeux de Ligeia !... Combien de longues heures ai-je médité dessus ! Combien de fois, durant toute une nuit d'été, me suis-je efforcé de les sonder ! Qu'était-ce donc ce je ne sais quoi, ce quelque chose plus profond que le puits de Démocrite [2], – qui gisait au fond des pupilles de ma bien-aimée ? Qu'était cela ? J'étais possédé de la passion de le découvrir. [...]

*Mais Ligeia tombe malade et la mort triomphe de la résistance de cette femme passionnée. Lady Rowena de Tremaine, la deuxième épouse du narrateur, succombe à un mal étrange et pendant que son mari veille son corps, ce dernier reprend vie sous ses yeux...*

---

1. **Cils de jais** : cils de la couleur du jais, roche d'un noir brillant.
2. **Démocrite (460-370 av. J.C.)** : philosophe grec qui, comparant sa quête de vérité à un puits sans fond, s'autorisait à douter de tout, y compris de l'existence même de cette vérité.

Je ne tremblai pas, – je ne bougeai pas, – car une foule de pensées inexprimables, causées par l'air, la stature, l'allure du fantôme, se ruèrent à l'improviste dans mon cerveau, et me paralysèrent, – me pétrifièrent. Je ne bougeais pas, je contemplais l'apparition. C'était dans mes pensées un désordre fou, un tumulte inapaisable. Était-ce bien la *vivante* Rowena que j'avais en face de moi ? *cela* pouvait-il être vraiment Rowena, – lady Rowena Trevanion de Tremaine, à la chevelure blonde, aux yeux bleus ? Pourquoi, oui, *pourquoi* en doutais-je ? – Le lourd bandeau oppressait la bouche ; – pourquoi donc cela n'eût-il pas été la bouche respirante de la dame de Tremaine ? – Et les joues ? – oui, c'étaient bien là les roses du midi de sa vie ; – oui, ce pouvaient être les belles joues de la vivante lady de Tremaine. – Et le menton, avec les fossettes de la santé, ne pouvait-il pas être le sien ? Mais *avait-elle donc grandi depuis sa maladie*? Quel inexprimable délire s'empara de moi à cette idée ! D'un bond j'étais à ses pieds ! Elle se retira à mon contact, et elle dégagea sa tête de l'horrible suaire [1] qui l'enveloppait ; et alors déborda dans l'atmosphère fouettée de la chambre une masse énorme de longs cheveux désordonnés ; *ils étaient plus noirs que les ailes de minuit, l'heure au plumage de corbeau !* Et alors je vis la figure qui se tenait devant moi ouvrir lentement, lentement *les yeux.*

– Enfin, les voilà donc ! criai-je d'une voix retentissante ; pourrais-je jamais m'y tromper ? – Voilà bien les yeux adorablement fendus, les yeux noirs, les yeux étranges de mon amour perdu, – de lady, – de LADY LIGEIA.

Edgar Allan Poe, *Ligeia* [1838],
dans *Trois nouvelles extraordinaires*, trad. de l'anglais par Ch. Baudelaire,
Belin-Gallimard, « Classico-collège », 2009.

1. **Suaire** : linceul, pièce de toile dans laquelle on ensevelit un mort.

## Théophile Gautier, *Le Pied de momie*

**On retrouve dans cette nouvelle de Théophile Gautier les mêmes thèmes fantastiques, transposés dans l'Antiquité égyptienne et traités avec humour. Le narrateur, fasciné par la beauté d'un pied de momie qu'il découvre chez un vieil antiquaire, en fait l'acquisition. Arrivé dans sa chambre, il assiste à un phénomène troublant…**

Je regardais dans ma chambre avec un sentiment d'attente que rien ne justifiait ; les meubles étaient parfaitement en place, la lampe brûlait sur la console [1], doucement estompée par la blancheur laiteuse de son bloc de cristal dépoli ; les aquarelles miroitaient sous leur verre de Bohême ; les rideaux pendaient languissamment : tout avait l'air endormi et tranquille.

Cependant, au bout de quelques instants, cet intérieur si calme parut se troubler, les boiseries craquaient furtivement ; la bûche enfouie sous la cendre lançait tout à coup un jet de gaz bleu, et les disques des patères [2] semblaient des yeux de métal attentifs comme moi aux choses qui allaient se passer.

Ma vue se porta par hasard vers la table sur laquelle j'avais posé le pied de la princesse Hermonthis.

Au lieu d'être immobile comme il convient à un pied embaumé depuis quatre mille ans, il s'agitait, se contractait et sautillait sur les papiers comme une grenouille effarée : on l'aurait cru en contact avec une pile voltaïque [3] ; j'entendais fort distinctement le bruit sec que produisait son petit talon, dur comme un sabot de gazelle.

J'étais assez mécontent de mon acquisition, aimant les serre-papiers sédentaires et trouvant peu naturel de voir les pieds se promener sans jambes, et je commençais à éprouver quelque chose qui ressemblait fort à de la frayeur.

Tout à coup je vis remuer le pli d'un de mes rideaux, et j'entendis un piétinement comme d'une personne qui sauterait à cloche-pied. Je dois avouer que j'eus chaud et froid alternativement ; que je sentis un vent inconnu me souffler dans le dos, et que

1. **Console** : ici, table décorative appliquée contre un mur.
2. **Patères** : ici, supports fixés à un mur pour soutenir des rideaux.
3. **Voltaïque** : électrique.

mes cheveux firent sauter, en se redressant, ma coiffure de nuit à deux ou trois pas.

Les rideaux s'entrouvrirent et je vis s'avancer la figure la plus étrange qu'on puisse imaginer.

C'était une jeune fille, café au lait très foncé, comme la bayadère Amani [1], d'une beauté parfaite et rappelant le type égyptien le plus pur ; elle avait des yeux taillés en amande avec des coins relevés et des sourcils tellement noirs qu'ils paraissaient bleus, son nez était d'une coupe délicate, presque grecque pour la finesse, et on aurait pu la prendre pour une statue de bronze de Corinthe [2], si la proéminence des pommettes et l'épanouissement un peu africain de la bouche n'eussent fait reconnaître, à n'en pas douter, la race hiéroglyphique [3] des bords du Nil.

Théophile Gautier, *Le Pied de momie* [1840],
dans *La Morte amoureuse, Avatar et autres récits fantastiques*,
Gallimard, « Folio classique », 1981.

## Théophile Gautier, *Arria Marcella*

**Cette nouvelle fantastique de Théophile Gautier (1811-1872) illustre à son tour le pouvoir de l'amour, capable de redonner vie à un vestige du passé. En visite au Musée archéologique de Naples, Octavien, un jeune étudiant, admire les contours d'une jeune femme moulés dans la lave, à la suite de l'éruption du Vésuve (Ier siècle apr. J.-C.). Au cours d'une promenade nocturne dans les ruines de Pompéi, il voit ressusciter autour de lui la ville antique et, au théâtre, il remarque une jeune femme d'une extraordinaire beauté.**

La vue de cette gorge d'un contour si correct, d'une coupe si pure, troubla magnétiquement [4] Octavien ; il lui sembla que ces rondeurs s'adaptaient parfaitement à l'empreinte en creux du musée de Naples, qui l'avait jeté dans une si ardente rêverie, et

---

1. **Bayadère Amani** : danseuse-prêtresse hindoue.
2. **Corinthe** : cité de la Grèce antique.
3. **Hiéroglyphique** : ici, relative à la civilisation égyptienne.
4. **Troubla magnétiquement** : attira à la manière d'un aimant.

une voix lui cria du fond du cœur que cette femme était bien la femme étouffée par la cendre du Vésuve à la villa d'Arrius Diomèdes. Par quel prodige la voyait-il vivante, assistant à la représentation de *La Casina* de Plaute[1] ? Il ne chercha pas à se l'expliquer ; d'ailleurs, comment était-il là lui-même ? Il accepta sa présence comme dans le rêve on admet l'intervention de personnes mortes depuis longtemps et qui agissent pourtant avec les apparences de la vie ; d'ailleurs son émotion ne lui permettait aucun raisonnement. Pour lui, la roue du temps était sortie de son ornière[2], et son désir vainqueur choisissait sa place parmi les siècles écoulés ! Il se trouvait face à face avec sa chimère[3], une des plus insaisissables, une chimère rétrospective. Sa vie se remplissait d'un seul coup.

En regardant cette tête si calme et si passionnée, si froide et si ardente, si morte et si vivace, il comprit qu'il avait devant lui son premier et son dernier amour, sa coupe d'ivresse suprême ; il sentit s'évanouir comme des ombres légères le souvenirs de toutes les femmes qu'il avait cru aimer, et son âme redevenir vierge de toute émotion antérieure. Le passé disparut.

Cependant la belle Pompéienne, le menton appuyé sur la paume de la main, lançait sur Octavien, tout en ayant l'air de s'occuper de la scène, le regard velouté de ses yeux nocturnes, et ce regard lui arrivait lourd et brûlant comme un jet de plomb fondu.

Théophile Gautier, *Arria Marcella* [1852]
dans *La Morte amoureuse, Avatar et autres récits fantastiques*,
Gallimard, « Folio classique », 1981.

---

1. **Plaute** (254-184 av. J.C.) : poète comique latin qui a, entre autres pièces, écrit une farce intitulée *La Casina*.
2. **Ornière** : ici, chemin tout tracé.
3. **Sa chimère** : ici, le fruit de son imagination, son illusion.

## Auguste de Villiers de L'Isle-Adam, *Véra*

**Villiers de L'Isle-Adam (1838-1889) s'inspire de Théophile Gautier et d'Edgar Allan Poe dans ce récit fantastique où l'amour est vainqueur du temps et de la mort. Ne pouvant se résoudre à la disparition de sa femme Véra, aimée d'un amour idéal, le comte d'Athol continue à vivre comme si elle était auprès de lui si bien que la présence de la comtesse se manifeste par des signes de plus en plus perceptibles…**

Une robe de velours noir, aperçue au détour d'une allée ; une voix rieuse qui l'appelait dans le salon ; un coup de sonnette le matin à son réveil, comme autrefois ; tout cela lui était devenu familier : on eût dit que la morte jouait à l'invisible, comme une enfant. Elle se sentait aimée tellement ! C'était bien *naturel*.

Une année s'était écoulée.

Le soir de l'Anniversaire, le comte, assis auprès du feu, dans la chambre de Véra, venait de lui lire un fabliau florentin : *Callimaque*. Il ferma le livre ; puis en se servant du thé :

– *Douschka*, dit-il, te souviens-tu de la Vallée-des-Roses, des bords de la Lahn, du château des Quatre-Tours ?… Cette histoire te les a rappelés, n'est-ce pas ?

Il se leva, et, dans la glace bleuâtre, il se vit plus pâle qu'à l'ordinaire. Il prit un bracelet de perles dans une coupe et regarda les perles attentivement. Véra ne les avait-elle pas ôtées de son bras, tout à l'heure, avant de se dévêtir ? Les perles étaient encore tièdes et leur orient [1] plus adouci, comme par la chaleur de sa chair. Et l'opale [2] de ce collier sibérien, qui aimait aussi le beau sein de Véra jusqu'à pâlir, maladivement, dans son treillis d'or, lorsque la jeune femme l'oubliait pendant quelque temps ! autrefois, la comtesse aimait pour cela cette pierrerie fidèle !… Ce soir l'opale brillait comme si elle venait d'être quittée et comme si le magnétisme [3] exquis de la belle morte la pénétrait encore. En reposant le collier et la pierre précieuse, le comte toucha par hasard le

1. **Orient** : ici, reflet.
2. **Opale** : pierre fine, aux reflets irisés.
3. **Magnétisme** : ici, attrait puissant et mystérieux.

mouchoir de batiste [1] dont les gouttes de sang étaient humides et rouges comme des œillets sur la neige !... Là, sur le piano, qui donc avait tourné la page finale de la mélodie d'autrefois ? Quoi ! la veilleuse sacrée s'était rallumée, dans le reliquaire [2] ! Oui, sa flamme dorée éclairait mystiquement le visage, aux yeux fermés, de la madone [3] ! Et ces fleurs orientales, nouvellement cueillies, qui s'épanouissaient là, dans les vieux vases de Saxe, quelle main venait de les y placer ? La chambre semblait joyeuse et douée de vie, d'une façon plus significative et plus intense que d'habitude. Mais rien ne pouvait surprendre le comte ! Cela lui semblait tellement normal, qu'il ne fit même pas attention que l'heure sonnait à cette pendule arrêtée depuis une année.

Ce soir-là, cependant, on eût dit que, du fond des ténèbres, la comtesse Véra s'efforçait adorablement de revenir dans cette chambre tout embaumée d'elle ! Elle y avait laissé tant de sa personne ! Tout ce qui avait constitué son existence l'y attirait. Son charme y flottait ; les longues violences faites par la volonté passionnée de son époux y devaient avoir desserré les vagues liens de l'Invisible autour d'elle !...

Auguste de Villiers de l'Isle-Adam, *Véra* [1874],
dans *Contes cruels*, Garnier Flammarion, 1980.

---

1. **Batiste** : toile de lin très fine et très serrée.
2. **Reliquaire** : boîte destinée à contenir des reliques (ce qu'il reste d'un corps ou d'un objet relatif à son histoire, conservé dans un dessein de vénération).
3. **Madone** : image, représentation de la Vierge.

# Autour de l'œuvre

## Interview imaginaire de Prosper Mérimée

Prosper Mérimée (1803-1870)

### *Pouvez-vous nous parler de votre jeunesse qui fut plutôt privilégiée, n'est-ce pas ?*

Fils unique, j'ai en effet eu la chance de naître dans une famille aisée et artiste, en septembre 1803 à Paris : mon père était peintre et enseignait le dessin à l'École polytechnique, ma mère était portraitiste, ce qui a formé très tôt mon goût pour l'art et les disciplines artistiques. J'ai fait mes études au Lycée Napoléon (devenu depuis le Lycée Henri IV) et j'étais passionné par le grec, l'espagnol, la littérature européenne, l'histoire ancienne et moderne et le dessin. En 1823, j'ai obtenu ma licence en droit.

### *Quand votre vocation littéraire s'est-elle éveillée ?*

Très tôt, encore adolescent, j'étais déjà passionné par la littérature. Mais c'est ma fréquentation des salons littéraires, dès l'âge de vingt-deux ans, et les rencontres que j'y ai faites qui ont été déterminantes. J'ai en effet côtoyé Victor Hugo, Musset, Henri Beyle (Stendhal), de vingt ans mon aîné et qui est devenu mon ami. C'est dans ces salons que j'ai fait mes débuts littéraires, marqués par deux véritables « supercheries » : la publication en 1825 du *Théâtre de Clara Gazul*, pièce écrite par une prétendue comédienne espagnole et dont j'étais en réalité l'auteur puis celle de *La Guzla*, recueil de poèmes venant soi-disant d'une région des Balkans, que Pouchkine traduira en russe, les croyant authentiques ! Mais j'ai été véritablement connu, dans les années 1829-1830, avec la publication d'une série de nouvelles dans *La Revue de Paris* parmi lesquelles : *Mateo Falcone* et *Tamango*.

**▶▶| *Vous avez ensuite mené de front une brillante carrière académique, politique et littéraire.***

Ma carrière dans l'administration a commencé en 1831, au ministère de la Marine, mais a été surtout marquée par ma nomination comme Inspecteur général des Monuments historiques en 1834. Cette fonction m'a permis d'effectuer de nombreuses tournées en province, pour inspecter les monuments et consigner mes observations dans des notes de voyage. J'ai la fierté de penser que mon action a permis la sauvegarde de nombreux objets et monuments anciens. Je dois ajouter aussi que certains des voyages effectués dans le cadre de ma fonction ont nourri une partie importante de ma production littéraire.

**▶▶| *Peut-on dire que, à partir de 1834, vous avez accédé à une véritable consécration littéraire ?***

On peut le penser, sans fausse modestie. J'ai en effet publié les *Âmes du purgatoire* en 1834, *La Vénus d'Ille* en 1837, après une tournée d'inspection dans le sud-ouest de la France. J'ai ensuite écrit *Colomba* en 1840, après un voyage en Corse, et en 1845 j'ai publié *Carmen*, ayant pour cadre l'Espagne, un de mes pays de prédilection. Je m'y suis rendu pour la première fois en 1830 et j'y ai fait la connaissance de la famille Montijo, dont la fille cadette Eugénie est devenue et restée une amie très chère. Je ne peux pas non plus passer sous silence mon élection à l'Académie des inscriptions et belles lettres en 1843 et à l'Académie française en 1844. Comme vous le constatez, cette activité littéraire n'a pas entravé, bien au contraire, mon goût des voyages, puisque j'ai visité, outre l'Espagne, l'Italie, la Grèce et le Proche-Orient.

**▶▶| *En quoi les événements de 1848 ont-ils constitué un tournant dans vos idées politiques et vos engagements ?***

Jusqu'en 1848, j'étais libéral, mais j'ai été choqué par la révolution de 1848. Mon besoin d'ordre m'a alors poussé vers des idées conservatrices, d'où mon soutien au régime de Louis-Napoléon Bonaparte nommé empereur en 1852, sous le nom de Napoléon III. Mon attachement aux Montijo, dont Napoléon III a épousé la fille cadette en 1853, n'a d'ailleurs pas été étranger à ce ralliement. Je suis donc devenu intime de leurs majestés impériales. J'ai cependant accepté d'être nommé sénateur en 1853 et, en 1866, j'ai été élevé à la dignité de grand officier de la Légion d'honneur.

**▶▶| *Au soir de votre vie, quel regard portez-vous sur ces dernières années ?***

Bien que comblé par les honneurs et l'amitié du couple impérial, je trouve le mode de vie à la Cour un peu pesant pour un homme de mon âge. Heureusement, depuis plusieurs années, je passe l'hiver au soleil de Cannes pour alléger mes difficultés respiratoires. Je continue à écrire (*Lokis* en 1869) et à recevoir des amis, mais je crains que la déclaration de guerre à la Prusse et la défaite de l'Empire que je pressens, n'aient raison de ma santé. Il me reste cependant, pour éclairer mon âge avancé, le souvenir des femmes qui ont le plus compté dans ma vie : Jenny Dacquin, avec laquelle j'ai entamé en 1831 une correspondance qui dure encore et Valentine Delessert, avec laquelle j'ai rompu en 1854, après une liaison de dix-huit ans mais avec qui je me suis réconcilié il y a peu de temps.

# Contexte historique et culturel

## Une époque troublée lors de la parution de *Mateo Falcone*

Mérimée publie *Mateo Falcone* en 1829, sous le régime de la Restauration (1814-1830), qui succède au Premier Empire (1804-1814), sous lequel il a vécu son enfance.

Après la chute de Napoléon 1er, la famille des Bourbons, chassée par la Révolution, revient en effet au pouvoir avec Louis XVIII. Celui-ci instaure une monarchie constitutionnelle reconnaissant une partie des acquis de la révolution mais il se heurte au parti des « ultras », royalistes extrémistes, qui veulent revenir à l'Ancien Régime. L'assassinat du duc de Berry, neveu du roi et ultra royaliste, ramène les « ultras » au pouvoir et Charles X, qui succède à son frère en 1824, accélère encore la mise en place d'un régime autoritaire et répressif, ce qui provoque l'impopularité du gouvernement et renforce l'opposition des républicains et des libéraux. Une crise économique et agricole accentue encore le trouble de cette période.

Ce régime prend fin avec la Révolution de Juillet 1830 appelée « les Trois Glorieuses ». Mérimée est hostile à la Restauration car il a été élevé dans une famille anticléricale de libres penseurs, mais, se trouvant en Espagne, il n'a pas l'occasion d'assister à la chute de ce régime.

## ... et lors de la publication de *La Vénus d'Ille*

*La Vénus d'Ille* est écrite en 1837, sous la Monarchie de Juillet (1830-1848), période marquée par l'avènement de Louis-Philippe qui se veut un « roi citoyen ». Il favorise la bourgeoisie d'affaires qui s'enrichit en bénéficiant du progrès technique et du développement des banques. Cependant, un climat insurrectionnel se développe : les différences sociales s'accentuent, l'antagonisme entre Paris et la province, plus traditionnelle, se renforce.

Des insurrections républicaines (en 1832 et 1834), des attentats contre le roi (celui de Fieschi en 1835) et des tentatives pour renverser le régime (de la duchesse de Berry en 1832 et de Louis-Napoléon Bonaparte en 1836) se succèdent tout au long de cette période.

## Entre romantisme et clacissisme

Mérimée publie ses nouvelles, en particulier *Mateo Falcone*, au moment où le courant romantisme connaît son apogée. Ce courant littéraire est lié au « Mal du siècle », éprouvé dans la première moitié du XIXe siècle par toute une génération désemparée par les défaites napoléoniennes. En mettant au premier plan l'expression lyrique et exaltée des sentiments et des passions et en s'affranchissant des contraintes formelles, le romantisme s'oppose au classicisme, caractérisé par le culte de la raison, le respect des règles et l'effacement du « moi ».

Mérimée partage avec les auteurs romantiques de sa génération certaines caractéristiques comme l'attrait pour le voyage, l'évasion, le goût du pittoresque et de la couleur locale ainsi que l'intérêt pour les passions fortes et les caractères affirmés, comme en témoignent les sujets de *Mateo Falcone* et de *La Vénus d'Ille*. Le fait que cet auteur ait pu être défini comme un « classique du romantisme » est dû à la sobriété et à la concision de son écriture et aussi à son refus d'exprimer ses sentiments et ses tourments personnels. Certes, il met en scène un narrateur qui s'exprime à la première personne mais celui-ci apparaît plutôt comme un témoin objectif dont l'ironie témoigne de la distance prise avec son sujet.

# Repères chronologiques

| | |
|---|---|
| 1802 | F.-R. Chateaubriand (précurseur du romantisme), *René*. |
| 1803 | Naissance à Paris de Prosper Mérimée. |
| **1804** | **Début du Premier Empire.** |
| **1814** | **Abdication de Napoléon Iᵉʳ. Première Restauration avec Louis XVIII.** |
| **1815** | **Retour de Napoléon: les Cent-jours. Défaite de Waterloo. Seconde Restauration.** |
| 1820 | A. de Lamartine, *Méditations poétiques* (poésie). |
| **1821** | **Mort de Napoléon Iᵉʳ.** |
| 1829 | P. Mérimée, *Mateo Falcone* (nouvelle). |
| **1830** | **Révolution de Juillet, abdication et exil de Charles X. Règne de Louis-Philippe.** |
| 1830 | V. Hugo, *Hernani* (théâtre) ; Stendhal, *Le Rouge et le Noir* (roman). |
| 1834 | A. de Musset, *Lorenzaccio* (théâtre) ; Balzac, *Le Père Goriot* (roman). |
| 1837 | P. Mérimée, *La Vénus d'Ille* (nouvelle). |
| 1839 | Stendhal, *La Chartreuse de Parme* (roman). |
| 1844 | A. Dumas, *Les Trois Mousquetaires* (roman). |
| **1848** | **Révolution de février: IIᵉ république. Louis-Napoléon Bonaparte président.** |
| **1851** | **Coup d'État du 2 Décembre.** |
| **1852** | **Louis-Napoléon Bonaparte devient l'Empereur Napoléon III.** |
| 1857 | G. Flaubert, *Madame Bovary* (roman) ; Baudelaire, *Les Fleurs du Mal* (poésie). |
| 1867 | É. Zola, *Thérèse Raquin* (roman). |
| **1870** | **Défaite de la France face à la Prusse. Chute du Second Empire. Proclamation de la IIIᵉ République.** |
| 1870 | Mort de P. Mérimée. |

# Les grands thèmes de *Mateo Falcone*

## *Père et fils : la transmission du nom*

### L'espoir d'une famille

Une interrogation sous-tend toute la nouvelle : Fortunato est-il digne d'être le fils de son père et de transmettre le nom des Falcone ? Au début du récit, il est présenté comme l'objet de la fierté paternelle : il est « l'héritier du nom », « l'espoir de la famille » après les déceptions causées par la naissance de trois filles. Son prénom lui-même le désigne comme « le fortuné », l'enfant envoyé par un heureux destin. Et d'ailleurs, pendant dix ans, Fortunato n'a pas démérité puisque ses « heureuses dispositions » incitent son père à lui confier la garde de la maison, symbole de l'honneur des Falcone.

### Être le fils de son père

L'arrivée du bandit met à l'épreuve ce lien de filiation. En effet, la première réplique de Gianetto adressée à Fortunato : « Tu es le fils de Mateo Falcone ? » ne l'interroge pas seulement sur son identité, mais lui rappelle aussi les devoirs attachés à ce nom. Et, lorsque Gianetto veut signifier à l'enfant qu'il ne respecte pas les valeurs paternelles, il le défie en contestant cette filiation : « Tu n'es pas le fils de Mateo Falcone ». L'enfant résiste aux exigences du bandit en manifestant son souci de l'autorité paternelle : « Et que dira mon père si je te cache sans sa permission ? », « Attends que mon père soit revenu ». De la même façon, pour résister aux pressions de Gamba, Fortunato souligne à deux reprises avec fierté que son père est Mateo Falcone.

Après sa trahison cependant, sa filiation avec Mateo lui est déniée, d'abord par le bandit qui insulte sa mère : « fils de… », faisant allusion à une éventuelle « bâtardise » de Fortunato, puis par son père lui-même qui reprend cette accusation : « cet enfant est-il de moi ? ». Si Mateo réaffirme ensuite sa paternité (p. 38, l. 409), c'est uniquement pour opposer sa toute-puissance paternelle à Giuseppa qui lui demande la grâce de Fortunato.

### Le déshonneur d'un nom

La trahison de Fortunato, en portant atteinte à la figure paternelle, frappe aussi d'indignité le nom des Falcone et rend impossible sa perpétuation. En sacrifiant son fils à son honneur, Mateo renonce aussi au nom de sa lignée. La dernière phrase de la nouvelle « Qu'on dise à mon gendre Tiodoro Bianchi de venir demeurer avec nous » souligne bien la volonté de Mateo de substituer le nom de son gendre (« Bianchi ») à celui des Falcone. Il est significatif que Fortunato, de façon pour ainsi dire prémonitoire, soit toujours désigné par son seul prénom et jamais par le nom dont il n'a pas su se montrer digne.

Un parallèle établi entre le début et la fin de la nouvelle permet d'apporter un éclairage supplémentaire à ce dénouement. Au début du récit, le narrateur décrit en effet une pratique agraire où l'on prend « le risque de brûler une étendue de bois pour assurer l'avenir des récoltes ». De la même façon, à la fin du récit, Mateo ne craint pas de faire feu sur son fils pour supprimer la « mauvaise herbe », et d'appeler son gendre pour assurer l'avenir de la famille, même si cela passe par le sacrifice de son nom.

## *Civilisation et sauvagerie*

### Espace civilisé et monde sauvage

Deux espaces géographiques et culturels s'opposent tout au long de la nouvelle : celui de la ville, où les larges avenues offrent des lieux de promenade et celui du maquis, auquel on n'accède que par un itinéraire difficile (« trois heures de marche par des sentiers tortueux ») et qui se révèle impénétrable, si ce n'est « la hache à la main ». La densité de la végétation en fait une sorte de terre vierge et primitive, inhospitalière aux animaux eux-mêmes, où seuls peuvent survivre quelques hors-la-loi. La maison de Mateo se trouve « à une demi-lieue de ce maquis », à la lisière de ces deux mondes et, bien que n'étant pas lui-même un bandit, il participe de cet espace en obéissant à ses lois.

### Deux systèmes de valeur opposés

Dans l'espace civilisé de la ville, les rapports entre les individus sont réglés par le respect de la loi. Tout criminel doit rendre des comptes à la justice et celui qui aide à la capture d'un bandit mérite récompense et considération, comme l'indique Gamba à Mateo en félicitant Fortunato de son aide. L'adjudant rappelle aussi l'existence, à la ville, d'un appareil judiciaire auquel personne ne saurait se soustraire : « je puis t'emmener à Corte ou à Bastia. Je te ferai coucher dans un cachot, sur la paille, les fers aux pieds ».

Dans le maquis au contraire, les rapports sont réglés par un code de l'honneur et de l'hospitalité qui imposent de porter assistance à un proscrit, quel que soit son crime. Mateo se soucie peu de connaître la faute de Gianetto. Tout manquement au devoir « sacré » d'hospitalité appelle une justice expéditive qui s'apparente à la loi du talion, et qui est appliquée par Mateo à son fils sans états d'âme apparents. À sa femme qui l'interroge, Mateo répond qu'il a fait « justice » et l'infanticide est selon lui justifié par le fait que Fortunato est « le premier de sa race qui ait fait une trahison ».

## Deux univers inconciliables

Fortunato est victime de la contradiction qui existe entre deux mondes : il a été élevé dans le respect des valeurs du maquis mais celles de la ville l'attirent. Certes, il veut d'abord accompagner son père « dans la clairière du maquis », mais ensuite, la contemplation des « montagnes bleues » lui paraît offrir un intérêt limité. Ses pensées, tournées vers la ville et l'invitation de « son oncle le caporal », trahissent son aspiration à une vie sociale beaucoup plus valorisante.

Cette attirance pour la ville va ainsi le pousser à transgresser une loi fondamentale du maquis. Alors que le modèle économique de la ville est celui du marché (le bandit va y « acheter de la poudre »), celui du maquis repose sur le don : « les bergers vous donnent du lait, du fromage ». Or, en « vendant » son hospitalité à Gianetto, Fortunato « vend » littéralement son âme, en trahissant les valeurs du maquis. Il reviendra à la pratique du don en présentant une jatte de lait à Gianetto pour tenter de se faire pardonner sa trahison, mais il sera trop tard.

Le signe le plus marquant de l'attrait exercée par la ville sur Fortunato est la montre que Gamba fait miroiter à ses yeux. L'adjudant suscite la convoitise du jeune garçon qu'il invite à s'imaginer paradant « dans les rues de Porto-Vecchio », « fier comme un paon », « la montre suspendue à son col ». L'acceptation de cet objet comme prix de sa délation entraînera la mort de l'enfant car cette montre apparaîtra aux yeux de son père comme le symbole de sa cupidité, de sa vénalité et de son renoncement aux valeurs du maquis.

# Les grands thèmes de *La Vénus d'Ille*

## *La figure du double*

### Une double lecture

La figure du double domine et structure toute la nouvelle. Elle est emblématique du genre fantastique qui repose sur une double présentation des faits destinée à maintenir le lecteur dans l'hésitation entre une interprétation rationnelle et une interprétation surnaturelle. Ainsi, *La Vénus d'Ille* peut être lue comme une nouvelle policière racontant un crime mystérieux dont l'enquête n'a pas abouti. On y retrouve en effet les principaux ingrédients du récit policier. Un personnage terrorisé est victime d'un meurtre et une enquête, conduite par le narrateur, aboutit à la désignation d'un coupable éventuel dont le mobile est la vengeance. Mais cette vision rationnelle présente de nombreuses incertitudes qui disculpent le suspect : les indices matériels ne concordent pas, le mode opératoire n'est pas clair et le mobile apparaît disproportionné par rapport à l'acte de vengeance commis.

Et de fait, cette nouvelle peut aussi être lue comme une histoire fantastique où une statue antique s'anime et commet un meurtre. M. Alphonse a, sans le savoir, contracté un mariage avec la statue qui se venge de l'infidélité de son « mari » par une étreinte mortelle. C'est cette interprétation surnaturelle qui donne le plus de cohérence et de logique à l'intrigue. Pourtant, le narrateur invite à retenir une interprétation rationnelle des faits et note, en fin de récit, que rien n'est venu « éclairer cette mystérieuse catastrophe ». Cependant, l'interprétation surnaturelle ne perd pas de sa force car, devant le témoignage du domestique, le narrateur reconnaît lui-même son trouble, qualifié de « terreur superstitieuse », et un post-scriptum évoquant le gel des vignes, à deux reprises depuis la transformation de la statue en cloche, laisse supposer que l'influence maléfique de Vénus n'a pas cessé.

### Un double sens

Le symbole de cette double lecture se trouve dans le double sens dont est affecté chacune des deux inscriptions qui se trouvent sur le socle et au bras de la statue. Il s'agit en fait d'une mise en abyme qui reproduit, dans ce détail, la caractéristique essentielle du récit fantastique :« il y a deux sens», ainsi que le rappelle discrètement le narrateur. Et en effet, «*cave amantem*» est une expression ambiguë qui peut signifier :« prends garde à celui qui t'aime» ou «prends garde à elle si elle t'aime». Des deux traductions, c'est d'ailleurs celle qui correspond à l'interprétation surnaturelle, la deuxième, qui est la plus correcte.

### Une réalité à deux visages

La relecture de la nouvelle fait apparaître l'omniprésence de ce thème du double. On peut ainsi noter, outre l'opposition de deux camps (les sceptiques et les superstitieux), la présence de deux archéologues, l'un parisien et «sérieux» (le narrateur), l'autre, provincial et amateur (M. de Peyrehorade), celle de deux «Vénus», la noire romaine, et la blanche catalane, comme le souligne le père du marié établissant entre elles une inquiétante rivalité. Pour ce qui est des indices du surnaturel, la Vénus a deux visages (beauté et méchanceté), elle suscite des sentiments opposés (attirance et répulsion), il y deux marques blanches sur son corps. Concernant le mariage, il y a deux anneaux, deux cérémonies (l'une chrétienne, l'autre païenne, célébrée par M. de Peyrehorade, dans un sacrifice à Vénus), ainsi, M. Alphonse, sans le savoir, a deux épouses.

## *Un thème fantastique : l'animation de l'objet*

### Le retour à la vie de la statue

Ce thème, fréquent dans la littérature fantastique, entre ici en résonance avec la figure du double, puisqu'il présente un objet ambivalent qui, au fil du récit, va être doté des caractéristiques d'un être vivant.

C'est ainsi que l'on assiste tout au long de la nouvelle à une «animation» progressive de la statue. Dès sa première présentation dans le récit du guide, elle fait l'objet de formulations ambiguës qui l'apparentent à une sorte de mort-vivant :sa main noire ressemble à «la main d'un mort qui sortait de terre». L'ouvrier en parle ensuite comme si elle était vivante en employant des verbes d'action : « elle vous fixe » « elle vous dévisage ». Les deux « polissons » lui confèrent eux aussi un pouvoir maléfique, puisqu'il l'insultent en la rendant directement responsable de la jambe cassée de Jean Coll et le renvoi de la pierre laisse entendre que la statue se retourne contre ses agresseurs. Quant au narrateur, lors de son premier examen minutieux de la statue, il exprime clairement le trouble qu'il éprouve devant ses « yeux brillants » produisant « une certaine illusion qui rappelait la réalité, la vie ». Lors de la partie de jeu de paume, le lien de causalité établi entre le geste d'Alphonse, devenant l'époux symbolique de la statue, et sa victoire indique qu'il bénéficie de sa protection active. C'est d'ailleurs ce geste interprété comme un engagement amoureux qui provoquera le retour à la vie de la déesse et la mettra en mouvement pour exécuter sa terrible vengeance.

### La première épouse

Tout au long du récit, un réseau de correspondances avec les personnages animés tend à donner à la Vénus un statut de personnage à part entière. Ainsi, la description d'Alphonse « roide comme un piquet » et « qui ne se tournait que tout d'une pièce » l'apparente à la statue, ainsi que l'évocation du dieu romain Terme. L'Aragonais lui est explicitement comparé par sa haute taille (six pieds) et la couleur de sa peau olivâtre. C'est ensuite Mlle de Puygarrig qui rappelle au narrateur la Vénus de son hôte. Cependant, le personnage qui contribue le plus à l' « animation » de la statue est M. de Peyrehorade. Il se comporte envers elle comme un amoureux et la désigne comme « sa » Vénus. Mais surtout il va célébrer sans le savoir son mariage avec M. Alphonse en lui offrant une cérémonie païenne, alliance parachevée par le geste de son fils qui lui passera lui aussi « la bague au doigt », sans mesurer la signification de son geste.

Il y a donc bien deux mariées et les vers chantés par M. Peyrehorade pendant le repas de noces mettent Alphonse devant une alternative troublante : « Mon fils, choisis de la Vénus romaine ou de la catalane celle que tu préfères ». Ces paroles, sonnant comme un défi, seront propres à animer la Vénus d'une fureur vengeresse lorsqu'Alphonse aura fait son choix en montant rejoindre sa « deuxième épouse ».

# Fenêtres sur...

## Des ouvrages à lire

### Histoires de vengeance

• Prosper Mérimée, *Colomba* [1840], Gallimard, « Folioplus classiques », 2004.

*Octobre 1819 : Orso Della Rebbia rentre en Corse, attendu par sa sœur cadette Colomba. Elle le presse de venger son père traîtreusement assassiné dans des circonstances mystérieuses. Sur le continent, Orso s'est éloigné des mœurs corses et il ne manifeste guère d'empressement à suivre sa sœur sur les sentiers dangereux de la vendetta. La passion de Colomba aura-t-elle raison de ses réticences ? Orso accomplira-t-il sa vengeance, malgré l'influence de Miss Lydia, la jeune et jolie anglaise rencontrée sur le bateau ?*

• Alexandre Dumas, *Le Comte de Monte-Cristo* [1844], tomes 1 et 2, Gallimard, « Folio », 1998.

*24 février 1815. Le jeune officier Edmond Dantès, arrivé à Marseille à bord du Pharaon, va être nommé capitaine et il va pouvoir épouser la belle Mercédès. Mais, victime d'un complot, il est emprisonné pendant quatorze ans dans la forteresse du Château d'If.*

*Son voisin de cellule, l'abbé Faria, lui parle d'un trésor caché sur l'île de Monte-Cristo. Quand ce dernier meurt, Dantès se glisse à sa place, dans le sac qui lui sert de cercueil et plonge dans les eaux de la Méditerranée. Devenu le comte de Monte-Cristo, il n'aura de cesse d'accomplir sa vengeance...*

• Alexandre Dumas, *Les Frères corses* [1844], Gallimard, « Folio classique », 2007.

*Deux jumeaux corses que tout oppose : Lucien est berger, expert dans le maniement des armes et vit en Corse, attaché à ses traditions, Louis est avocat à Paris et se voit reprocher de renier ses racines car il voudrait pacifier les relations entre les Corses. Tous deux restent cependant reliés par un mystérieux don de télépathie. Louis doit affronter la mort pour défendre l'honneur d'une femme mariée. Échappera-t-il à cette terrible loi de la vendetta qui anime un Corse, même dans les salons de la capitale ? Entraînera-t-il son frère dans le même destin tragique ?*

• **Melville, *Moby Dick* [1851], Gallimard, « Folio classique », 1996.**
*Au XIXe siècle, Ismaël est engagé comme matelot, pour une saison de chasse à la baleine. Mais il se rend vite compte que l'obsession du capitaine Achab est une baleine blanche géante, Moby Dick, dont il a juré de se venger car elle l'a privé d'une jambe. Ignorant les sinistres présages qui se multiplient, le capitaine Achab entraîne son équipage dans un fantastique voyage autour du monde à la poursuite de la fabuleuse baleine.*

• ***Corse noire*, anthologie présentée par Roger Martin, Librio, 2001.**
*Les dix nouvelles de ce recueil entraînent le lecteur dans une découverte littéraire de la Corse. De nombreux écrivains du XIXe siècle, comme Gustave Flaubert, Prosper Mérimée, Guy de Maupassant, Alphonse Daudet, inspirés par la figure de Napoléon, se sont rendus au pays du « héros » et en ont rapporté des récits hauts en couleur. Ils ont exploré la face noire de la Corse, celle des vendettas et des bandits d'honneur, mais leurs récits ont aussi mis en lumière ses paysages somptueux et la traditionnelle hospitalité de ses habitants.*

• **Hervé Bazin, *Vipère au poing* [1948], Éditions Grasset, 2004.**
*Jean Rézeau est élevé avec son frère Ferdinand par une grand-mère douce et aimante, en l'absence de ses parents et de son jeune frère qui sont en Chine. Il a huit ans lorsque sa grand-mère meurt et il attend avec impatience de revoir sa mère. Mais les retrouvailles se transforment en cauchemar : dès son arrivée, cette dernière impose une discipline de fer assortie de mauvais traitements. Sa cruauté et sa partialité vont pousser les enfants à la haine et à la révolte.*

• **Wendi Robertson, *Pour venger mon copain*, Livre de Poche Jeunesse, 1990.**
*Studs et Tony ont seize ans et sont inséparables. Ils se font renvoyer de leur école et rencontrent une drôle de bande qui leur propose d'aller écouter de la musique avec eux. Tony les suit. Le lendemain, Studs apprend que son ami a été retrouvé dans le coma : il est « tombé » du deuxième étage après être avoir été drogué de force. Bouleversé, Studs décide à tout prix de retrouver les coupables et de venger Tony.*

## Amours et sortilèges

• Théophile Gautier, *Contes fantastiques*, Hachette éducation, « Les classiques Hachette », 2005.
*Animation d'objets et de personnages sortis d'un tableau ou d'une tapisserie, vampirisme et dédoublement de la personnalité, apparition d'une princesse égyptienne, renaissance d'une ville morte et résurrection d'une belle jeune femme venue du passé, tels sont les faits étranges qui apparaissent dans ce recueil de nouvelles où le thème cher à Gautier des « mortes amoureuses » est fréquemment repris. Aucune recherche du sensationnel cependant, mais un fantastique intimiste et un style maîtrisé même lorsqu'il peint le délire d'un narrateur en proie à ses doutes et à ses obsessions.*

• Edgar Allan Poe, *Trois nouvelles extraordinaires*, Belin-Gallimard, « Classico-collège », 2009.
*Deux femmes sont mystérieusement assassinées rue Morgue (*Double assassinat dans la rue Morgue*). Au contact d'un étrange chat noir, un homme sombre dans la folie (*Le Chat noir*). Une morte amoureuse vient hanter l'esprit de son époux (*Ligeia*). À travers ces trois nouvelles extraordinaires, on découvre l'univers d'Edgar Allan Poe : angoissant, terrifiant, fascinant.*

• *La Solitude du Vampire*, anthologie présentée par Barbara Sadoul, Librio, 2003.
*Exilé sur terre, condamné à une vie errante, le vampire est une âme perdue que sa soif de sang et de pouvoir pousse à rechercher la compagnie des hommes pour exercer sa cruauté. Cependant, à la suite de Théophile Gautier et de son vampire amoureux, la belle Clarimonde, l'image de ces créatures a connu bien des métamorphoses. Dans certaines de ces nouvelles, les vampires apparaissent comme des êtres complexes et torturés, qui savent aussi faire preuve de sentiments, et même de passion. Mais peuvent-ils s'attacher aux humains, eux qui en sont séparés par leur statut de prédateurs et d'immortels ?*

• Stephenie Meyer, *Fascination*, Hachette jeunesse, 2005.
*Isabella Swan, seize ans, quitte l'Arizona ensoleillé pour Foks, une petite ville pluvieuse de l'état de Washington, où elle va vivre avec un père affectueux, mais solitaire. Elle s'attend à une nouvelle vie aussi morne que la ville elle-même. Cependant, au collège, elle est intriguée par une étrange*

*fratrie composée de deux filles et trois garçons. L'un d'eux, Edward, est terriblement séduisant et d'une beauté inquiétante : il lui sauve la vie plusieurs fois et elle en tombe amoureuse. Une liaison dangereuse commence alors entre les deux jeunes gens, faite de fascination et de répulsion, mais Isabella comprend qu'Edward est un vampire...*
*Ce livre est suivi de deux autres ouvrages du même auteur, dans la même collection :* Tentation, *2006 et* Hésitation, *2007.*

## Des films à voir

### Sur le grand écran

• ***Les Frères corses*, Anton Giulio Majano d'après le roman d'Alexandre Dumas (1844), aventures, couleur, 1962.**
*Ce film est une adaptation assez libre du roman d'Alexandre Dumas. Il met en scène l'histoire des jumeaux Franchi, dont la famille est massacrée par le clan Sagona, le jour de leur naissance. Les jumeaux sont élevés séparément : alors que l'un prend le maquis pour se venger, l'autre, qui ignore tout de leur histoire, devient un médecin réputé à Paris et se lie avec un descendant des Sagona. Mais les liens du sang et leur amour pour la même femme vont les réunir à nouveau.*

• ***Vipère au poing*, Philippe de Broca d'après le roman d'Hervé Bazin (1948), comédie dramatique, 2004.**
*Ce film se veut une vision résolument optimiste du roman d'Hervé Bazin dont il respecte cependant la trame narrative. (Voir le résumé p. 147.)*
*Cette version a été précédée par une autre adaptation pour le petit écran (*Pierre Cardinal, *1971), dont le ton plus tragique apparaît plus proche de celui du roman d'Hervé Bazin.*

## Sur le petit écran

• *Le Comte de Monte-Cristo,* **Josée Dayan d'après le roman d'Alexandre Dumas (1844), TF1, 1998.**
*Ce téléfilm en deux épisodes retrace les aventures d'Edmond Dantès devenu le Comte de Monte-Cristo, qui poursuit une vengeance implacable contre ceux qui l'ont envoyé en prison pendant quatorze ans, à la suite d'une trahison.*
*Comme d'autres œuvres d'Alexandre Dumas, ce roman a fait l'objet de nombreuses adaptations cinématographiques dont une adaptation anglo-saxonne :* « La vengeance de Monte-Cristo » *réalisé en 2001 par Kevin Reynolds. Un autre téléfilm franco-allemand, présenté comme une adaptation plus fidèle que le téléfilm de Dayan a été aussi réalisé en 1979, par Deny de La Patellière.*

• *Colomba,* **Laurent Jaoui d'après la nouvelle de Prosper Mérimée (1840), drame, coproduction Arte FR3, 2005.**
*Cette adaptation récente du récit de Mérimée souligne bien l'opposition entre le désir de modernité et l'observation figée des codes ancestraux. Orso, un jeune lieutenant revient en Corse en 1815, après cinq ans passés sur le continent à se battre dans les armées napoléoniennes. À Ajaccio, sa sœur Colomba l'attend de pied ferme pour exécuter la vengeance de leur père assassiné par le clan Baricini. Mais, pour Orso, la vendetta n'a rien à voir avec la justice et il préfèrerait suivre le chemin de son cœur. Une vision renouvelée du récit de Mérimée qui a donné lieu à de nombreuses adaptations, dont la plus ancienne date de 1915 !*

# Notes

# Notes

# Notes

# Notes

## Dans la même collection

### CLASSICOCOLLÈGE

*14-18 Lettres d'écrivains* (anthologie) (1)
*Gilgamesh* (17)
*Histoires de vampires* (33)
*La Poésie engagée* (anthologie) (31)
Guillaume Apollinaire – *Calligrammes* (2)
Chrétien de Troyes – *Yvain ou le Chevalier au lion* (3)
Didier Daeninckx – *Meurtres pour mémoire* (4)
William Golding – *Sa Majesté des Mouches* (5)
Homère – *L'Odyssée* (14)
Victor Hugo – *Claude Gueux* (6)
Joseph Kessel – *Le Lion* (38)
J.M.G. Le Clézio – *Mondo et autres histoires* (34)
Jack London – *L'Appel de la forêt* (30)
Guy de Maupassant – *Histoire vraie et autres nouvelles* (7)
Molière – *Les Fourberies de Scapin* (9)
Molière – *Le Médecin malgré lui* (13)
Jean Molla – *Sobibor* (32)
Charles Perrault – *Le Petit Poucet et trois autres contes* (15)
Edgar Allan Poe – *Trois nouvelles extraordinaires* (16)
Jules Romains – *Knock ou le Triomphe de la médecine* (10)
Antoine de Saint-Exupéry – *Lettre à un otage* (11)
Paul Verlaine – *Romances sans paroles* (12)

### CLASSICOLYCÉE

Guillaume Apollinaire – *Alcools* (25)
Charles Baudelaire – *Les Fleurs du mal* (21)
Emmanuel Carrère – *L'Adversaire* (40)
Dai Sijie – *Balzac et la petite tailleuse chinoise* (28)
Annie Ernaux – *La Place* (35)
Romain Gary – *La Vie devant soi* (29)

J.-Cl. Grumberg, Ph. Minyana, N. Renaude – *Trois pièces contemporaines* (24)
Victor Hugo – *Ruy Blas* (19)
Eugène Ionesco – *La Cantatrice chauve* (20)
Marivaux – *L'Île des esclaves* (36)
Guy de Maupassant – *Bel-Ami* (27)
Molière – *Dom Juan* (26)
Abbé Prévost – *Manon Lescaut* (23)
Jean Racine – *Andromaque* (22)
Jean Racine – *Phèdre* (39)
Voltaire – *Candide* (18)
Voltaire – *Zadig* (47)



Imprimé en Espagne par Novoprint (Barcelone)
Numéro d'édition : 004870-02 - Dépôt légal : avril 2010